国家出版基金项目
NATIONAL PUBLICATION FOUNDATION

中國文明史

趙景深◎著

山西出版傳媒集團
山西人民出版社

圖書在版編目(CIP)數據

中國文學小史 / 趙景深著. —太原： 山西人民出版社，2014.11
(近代名家散佚學術著作叢刊 / 許嘉璐主編)
ISBN 978-7-203-08687-1

Ⅰ. ①中… Ⅱ. ①趙… Ⅲ. ①中國文學—文學史
Ⅳ. ①I209

中國版本圖書館CIP數據核字(2014)第205929號

中國文學小史

主　　編　許嘉璐
著　　者　趙景深
責任編輯　梁晉華

出 版 者　山西出版傳媒集團·山西人民出版社
地　　址　太原市建設南路21號
郵　　編　030012
發行營銷　0351－4922220　4955996　4956039
　　　　　0351－4922127(傳真)　4956038(郵購)
E－mail　sxskcb@163.com　發行部
　　　　　sxskcb@126.com　總編室
網　　址　www.sxskcb.com

經 銷 者　山西出版傳媒集團·山西人民出版社
承 印 廠　山西出版傳媒集團·山西人民印刷有限責任公司

開　　本　700mm×970mm　1/16
印　　張　15.25
字　　數　100千字
印　　數　1—3000冊
版　　次　2014年11月　第1版
印　　次　2014年11月　第1次印刷
書　　號　ISBN 978-7-203-08687-1
定　　價　34.00圓

《近代名家散佚學術著作叢刊》編委會

出版説明

近代名家散佚學術著作叢刊選取一九四九年以後未再刊行之近代名家學術著作共一百二十册，編例如次：

一、本叢書遴選之著作在相關學術領域具有一定的代表性，在學術研究方向、方法上獨具特色。

二、爲避免重新排印時出错，本叢書原本原貌影印出版。影印之底本皆經專家組審定，原書字體大小，排版格式均未做大的改變，原書之序言、附注皆予保留。

三、本叢書分爲八大類，以作者生卒年編次。

四、爲使叢書體例一致，本叢書前言後記均采用繁體字排版。

五、個别頁碼較少的版本，爲方便裝幀和閲讀，進行了合訂。

六、少數學術著作原書内容有個别破損之處，編者以不改變版本内容爲前提，部分進行修補，難以修復之處保留缺損原狀。

七、原版書中個别錯訛之處，皆照原樣影印，未做修改。

八、所選版本之抽印本頁碼標注，起始至所終頁碼均照原樣影印，未重新編排標注新頁碼。

由於叢書規模較大，不足之處，殷切期待方家指正。

總序／

披沙瀝金，以爲鏡鑒

◇許嘉璐

多年來有一個問題始終在我腦中盤桓：爲什麼在十九世紀末到二十世紀初，在短短的幾十年裏，中國的各個學術領域竟涌現了那麼多大師級的人物？這是中國近代史上一個極爲重要的現象，我認爲，如果不能給出令人滿意的答案，我們撰寫的近代學術史將是不完整的，甚至是缺乏靈魂的。後來我知道，著名人類學家克羅伯曾提出過一個問題：爲什麼天才成群地來？看來這種現象的出現並非中國所獨有，思考其所以然的也大有人在。而在那一次世紀之交中國的情況，似乎應驗了「天才成群地來」這個令克氏久久不解的疑問。錢學森先生曾從相反的方向提出了相同的疑問：爲什麼我們這個時代出現不了杰出人才？後來人們稱這個問題爲「錢學森之謎」。

要回答這些疑問不是件容易的事。與其迅速地囫圇地探尋，不如先多了解那些讓中國近代學術（應該包括人文科學和自然科學）史上閃耀着光輝的大師們的作品和自述，從而在腦海里盡量「復原」他們所處的環境和在那種環境下的心理路徑，從中或許可以得到一些啓示。

有一點是顯然的，這就是他們雖然都已遠離塵世而去，但是他們獨立思考的品性、求知治學的真誠、困厄窮愁中對節操的堅守，恐怕是他們共同的主觀因素，一直影響到現在，而且將會永遠留存下去。

就思想界、學術界而言，二十世紀上半葉是一個新説和舊説碰撞，中學和西學融匯的大時代。那時的學人極爲重視言行操守，同時具備現代知識分子的理想信念；他們的學術研究十分純净，絶少功利因素；他們的視界開闊，以包容的心態和嚴謹的風格造就了成果的大氣與厚重。至於在客觀因素一面，他們實際是在用工業化時代的事實解説着太史公所説的名山之作「大抵聖賢發憤之所爲作」，困厄苦難使得他們「皆意有所鬱結」。這種鬱結，幾乎和個人的名利毫無牽涉，他們永遠不能釋懷的，是民族的存亡、國運的興衰、民衆的福禍和文脈的續斷。

那個時代也是近代歷史上最大規模的中西古今學術調適、創新的時期，學術方法上的交互滲透和融合、創新亦可謂「於斯爲盛」。斯時之學人是要在封閉的屋墻上鑿出窗子的勇士，是使人能够看看外部世界的第一批導夫先路者；或者可以説，他們是在「意有所鬱結」時「彷徨」和「吶喊」的「狂人」。

相對於那時的哲人們，後來者是幸運兒。現在的形勢是，近三十年來學界空前繁榮，衆多學科有了長足之進，其中很重要的一點是學界有了更新穎、更廣闊的國際視野，似乎接續上了百年前的學壇盛事。但細想想，「古」與「今」還是有差別的。其异，主要不在於世界情勢、學術進展、工具改善這些客觀存在，而在於在廣泛吸收各國優長的同時，自身文化的主體性越來越受到重視，换言之，「拿來主義」已經延長了「拿來」的程序，加上了試用、甄別、篩選、吸收、融合、成長。就我孤陋所見，在當今地球上，面向所有異質文明，努力汲取我之所缺，其範圍之大和心態之切，似乎無出中國之右者。從這個角度説，我們已經超越了前輩。但是事情還有另外一面，學術，特別是人文學科，其職業化、「沙龍化」和功利性，以及隨之而來的浮躁病却嚴重了。從這個角度説，是不是我們已經後退得够可以的了？而這是不是我們這個時代出不了大師的原因之一呢？

民國學術界的特點之一是極爲注重對傳統的反省、批判與繼承。他們對傳統文化盡最大的努力進行整理和研究。一方面，由於戰亂頻仍，民不聊生，學者們擔起了讓中華文化薪火相傳的歷史責任；另一方面，他們要通過對中國傳統文化的整理、挖掘來重振民族自信心。這一時期對傳統文化進行整理的全面而深入是前所未有的，舉凡文字學、語言學、經濟學、法學、哲學、政治制度、書法繪畫、金石學……規模之宏大，研究之精微，令人嘆爲觀止。

民國學術推動了現代學科體系的建立。在對傳統文化整理和研究的基礎上，吸收西方的文化思想和理念，推動和建立了中國現代學科體系。例如，在對語言文字和音韻學成果進行整理、研究的基礎上開始着手規範之，建立了國語學；深入研究書法、國畫，將其融入了現代美術學科；在廢除舊有學制後逐步建立起小、中、大學較完整的科目和學科體系。

民國學術也改變了傳統學術方式，建立了新的研究範式。以現代科學考古爲發端，科研的實踐和成果使中國知識界真正認識到在實驗、比較基礎上的邏輯分析對學術研究的重要，推進了中國學術的一大演變。至於我們常説的打破士大夫傳統、走出書齋到田野鄉村和市民中進行調查研究、結束了經學時代、以歷史眼光檢視儒學和諸子等等，都是確立新學術範式的努力。這一轉變，也標誌着中國學術界脱胎換骨，全面進入了現代，爲此後的學術發展奠定了堅實的基礎。當然，西方啓蒙運動以來，在「現代性」和「現代化」裏潛伏着的缺陷和謬誤也傳到了中國，這些不能不在前哲的著作裏留下痕迹。這並不奇怪。類似的情況，古往今來孰能免之？猶如今天的我們，誰敢自稱我之所見就是永恒的真理？在這個問題上兩個時代所異者，或許就在昔時大家創立新説或譯註西學著作，往往是懷着對學術和前哲的敬畏而爲之，故而常常誤不在我；當今則往往出於對學問和他人的輕蔑，或以所研究的對象爲謀己的工具，因而難辭主觀之咎吧。翻閲他們的心血之作，這些復雜的狀況可以顯見，可以視之爲我們的一面鏡子。

滄海桑田，世事變幻，歷史的動盪和時代的遮蔽，使當年許多大師的一些極有價值的學術著作被棄於故紙堆中，不能不令人有遺珠之憾。爲此，山西人民出版社不惜以數年之艱辛，披沙瀝金，編輯出版這套近代名家散佚學術著作叢刊，凡一百二十册，計文學、史學、政治與法律、美學與文藝理論、民族風俗、宗教與哲學、經濟、語言文獻共八大類别。所選皆爲作者之純學術著作，無論是其見解、精神，抑或是其時代烙印，都是後輩學人可資借鑒的寶貴財富。他們出版這套叢書，意在讓世人不忘來程，知篳路藍縷之不易，爲民族文化的傳承再增薪木。

出版社的初衷，與我近年來所思所慮近似，故願略述淺見於書端，以與策劃者、編輯者和讀者共勉。

二○一四年七月六日

改定於自安東回京途中

前言／猛回頭，那支支紅燭

——二十三種民國文學研究著作概覽

◇梁歸智

「視爾夢夢，天胡此醉？於時處處，人亦有言！」

此聯乃北京宣南（宣武門外舊城區）北半截胡同四十一號中「莽蒼蒼齋」楹聯。齋主何人乎？即戊戌變法失敗而捐軀之「六君子」中翹楚譚嗣同字復生號壯飛者也。慈禧太后發動政變，逮捕維新黨人，友人勸譚嗣同逃避，他堅辭曰：「外國變法未有不流血者，中國變法流血請自嗣同始。」乃於一八九八年九月二十四日被捕，繼而遇害於菜市口。臨刑前仍大呼曰：「有心殺賊，無力回天；死得其所，快哉！快哉！」

自此而後，果然爲變法——改變社會制度而流血不止，一九一一年十月十日辛亥革命成功，中國歷史上最後一個封建王朝被推翻，一九一二年一月一日中華民國成立。然餘波未息，新瀾迭起，袁世凱竊國，張勛復辟，北洋軍閥混戰，國民黨軍北伐，中國共産黨成立，國共争鋒，時而合作，時而破裂，日本入侵，八年抗戰，勝利後繼以三年内戰，終於以一九四九年十月一日建立中華人民共和國而告一大段落。

從一九一二年一月一日到一九四九年十月一日，凡三十八年，此即「民國」時段也。

三十八年過去，彈指一揮間。戰焰紛飛，生靈涂炭，歷史真是「相斫書」！而文明的燭火，點點簇簇，飄曳閃爍於如磐夜氣之中，雖遭暴風，遇疾雨，而終不熄不滅。其中最具象徵性的事件，乃一八九七年二月二十一日在上海成立之商務印書館，於一九三二年一月二十九日遭日本侵略軍針對性轟炸，占全國出版量百分之五十二的出版巨頭損失一千六百三十萬元，百分之八十以上資産被毁，其所屬東方圖書館同時被炸，四十五萬册圖書化作劫灰，其中有無數古籍善本、孤本！日軍侵滬司令鹽澤幸一狂吠：「炸毁閘北幾條街，一年半就可恢復，只有把商務印書館、東方圖書館這個中國最重要的文化機關焚毁了，牠則永遠不能恢復。」而劫難後的商務印書館，懸掛出「爲國難而犧牲，爲文化而奮鬥！」的巨幅標語，經半年即宣告復業，實現了「日出一書」的奇迹。

由於歷史演變的吊詭，民國時期的出版物，在一九四九年以後的中國大陸，大多數遭遇了被遺忘的命運，沉埋於少數圖書館的塵封角落。斗轉星移，時來運轉，二十一世紀進入了第二個十年，山西人民出版社推出這套叢書，遴選民國出版的若干學術精品，分學科編纂，蔚爲盛事大觀。此分卷是對中國文學（主要是古典文學）的研究，共二十三種。下面對這二十三種書籍作一個概覽性的介紹。

先看這些書的作者。生年不明者毋論外，出生最早的當屬韓柳文研究法的撰者林紓，他誕生於一八五二年（清文宗咸豐二年），卒於一九二四年（民國十三年——一九一二年爲中華民國元年）。出生最晚的是陶淵明批評的作者蕭望卿，誕生於一九一七年（民國六年）。這二十位作者中，一些是後來成爲大家的著名人物，林紓之外，有大學者徐珂、章太炎、陳寅恪、吕思勉、陸侃如、周貽白、趙景深，著名作家蕭乾等。此外的作者，則屬於有一定學術建樹或僅留下少量著述的文化人。

從作品看，這二十三種著作有某一種文學或某個人作品的分論，如詩經之女性的研究、曹子建詩的研究，也有某一長時段的文學史或文藝理論性質的概説，如清代詞學概論、中國戲劇小史。其中陸侃如三種，趙景深兩種；而陳寅恪和蕭望卿的兩種著作研究對象相同而又篇幅短小，合爲一册；陸侃如有兩種合爲一册。故，這裏一共有二十位作者的二十三種著述，却是二十一册文本。

分册介紹述評，是按照著作内容所關涉之中國文學史發展綫索的先後爲序？還是以研究者的情况或者書册的寫作出版先後爲序？却是一個頗讓人躊躇的問題。因爲近四十年的民國，正是中國社會從傳統向近現代激烈轉型的時段，不僅作者的思想認識，書册的觀點立場，而且連書寫的語言文風，都存在鮮明的古今遞嬗演變的痕迹。經考量，决定采取折衷的立場，即基本上按照文學史發展的脉絡綫索，先概説性著作，後專題性研究，同時顧及其他因素，將徐珂、林紓、章太炎的三種以文言文表述的著述放在最後予以推介月旦，也算是對横跨清王朝與民國兩代之文化先驅者的致敬。

中國文學小史，作者趙景深，生於一九〇二年，卒於一九八五年，主要以元雜劇、宋元南戲和古典小説的輯佚考證而名世，代表性著作爲曲論初探、宋元戲曲本事、宋元南戲考略、中國小説叢考等。這本中國文學小史是他二十多歲時的作品，上海的大光書局出版，後再版重印，達二十次之多。他於一九三六年寫「十九版序」，這樣説道：「十年前，我跟隨着新文學浪漫運動的巨潮向前推動，當時我充滿了熱情和詩趣，喜歡説一點帶有情感的話，喜歡像做詩一樣的寫文章。……也許讀者們這樣的愛讀這本小書，使牠達到十九版，清華大學入學考試且曾指定此書爲唯一的參考書，大約都是爲了牠使人讀起來不至於十分頭痛吧？」

以西方的學科意識而撰述「中國文學史」，二十世紀以始，共有數百本。第一本中國文學史爲何人所寫？或曰英國人，或曰日本人，或曰俄國人。中國人自己最早撰寫的中國文學史，一般認爲乃林傳甲一九〇四年撰中國文學史，黄人（黄摩西）亦於同年撰同名之書。林著是在當年之京師大學堂即後來之北京大學撰成，黄著是在當年之東吴大學即後來之蘇州大學撰成，歷史演變的軌迹斑斑俱在。趙景深的這本「小史」，名副其實，牠篇幅很小，如作者自表，「我只是寫一本中國文學的常識；或者，我是在説一個故事」。其特色不在學術含量的全備高深，而在簡略概約，蜻蜓點水，却時見談言微中；同時文風清麗活潑，很適於普及。

中國文學小史凡三十五節，第一節「緒論」，第二節「詩經」，第三節「屈原宋玉」，第三十四節「清代的詩文」，第三十五節「最近的中國文學」。從詩經、楚辭始，司馬相如和司馬遷，曹氏父子，陶淵明與謝靈運，唐詩，宋詞，元曲，明清的小說、傳奇和詩文，面面俱到，而最後一節，更有聞一多、汪靜之等的詩歌，郁達夫、魯迅等的小說，田漢、丁西林等的戲劇，周作人、朱自清等的散文等。

比起今日的文學史經典著作，此書自然不可能在材料的全備準確和學理的系統精深方面爭勝，但其特色也頗堪注目，即那時還沒有後來的一些教條框架，因而一些說法能讓人眼前一亮，細想也頗堪玩味。如論到李白和杜甫的同異，這樣對比：

李白：南方化、仙品、出世、浪漫、受道家影響、才、情、樂自然；

杜甫：北方化、聖品、入世、寫實、本儒教見地、學、性、泣時事。

與後來的經典化定位大同小異，而更加言簡意賅，同時還有一些生動的表述，如這樣談論李白：「我們也曾想像到一個眸子炯然，腰束玉帶，身穿宮錦袍，在采石磯邊狂歌於船頭的詩人麽？這便是天才豪放的李白。」後面對李杜的「優劣」也一語到位：「李白是樂天的，杜甫是悲觀的。」「他們兩人作風如此不同，當然我們不能分出優劣來。」比起一九四九年以後幾部文學史的某些教條化論述，以及郭沫若的李白與杜甫之立場偏頗，民國時期學人的思想自由客觀公允躍然紙上。

詩經之女性的研究，謝晉青著。此書曾作爲商務印書館「國學小叢書」、「萬有文庫」而數次出版重印。謝氏生於一八九三年，卒於一九二三年，乃日本留學生、南社社員，另有譯著西洋倫理學史（原作者日本人三浦藤作）。詩經之女性的研究共十節，其實就是對十五國風裏的女性題材特別是愛情婚戀詩歌的思想與藝術分析評價。其「緒論」説：「我這次是想在詩經中，發掘古代婦女問題的，並不是做考據底工作，在意義方面，我們總以詩底本義爲歸宿，那些不可靠的誤解，我們一概不取。在藝術方面，我們總以普遍而真摯的平民主義爲歸宿，那些不自然的附會穿鑿，我們也一概排斥。」「結論」則總結説：「詩經底十五國風，原來存詩一百六十篇，其中經我認爲有關婦女問題的，共計八十五篇。這八十五（篇）詩，若再依性質來區別，那就是：最多的爲戀愛問題詩，其次即爲描寫女性美和女性生活之詩，再其次就是婚姻問題和失戀問題底作品了。爲什麽戀愛問題底作品，占最大的數目呢？這就因爲兩性問題，是在人類生活上，占最重要的地位底證據。」

此書的許多具體分析賞鑒相當細緻，頗能體現民國以來西方推崇女性張揚人性思潮對古典文學研究的影響，一九四九年以後中國文學史中的相關評述，傾向立場，實承其緒。

有關楚辭的著作，共選有兩種：陸侃如屈原與宋玉、何天行楚辭作於漢代考。

陸侃如，生於一九〇三年，卒於一九七八年，是二十世紀五六十年代中國著名古典文學專家，他與夫人馮沅君合著之中國詩史是開創性的著作。此外撰有樂府古辭考、陸侃如古典文學論文集、中國文學史簡編、中國古典文學簡史，及與高亨合著楚辭選，與牟世金合著文心雕龍選譯、劉勰論創作、劉勰與文心雕龍等。屈原與宋玉是在他的處女作屈原、宋玉基礎上整合而成，却也算得上這一研究領域初具規模的「集大成」之作。書共六節：一、引論；二、屈原的生平；三、屈原的作品；四、宋玉的生平；五、宋玉的作品；六、餘論。最後列「參考書目」，自王逸楚辭章句、洪興祖楚辭補注、朱熹楚辭集注以下凡四十種。可以說，後來關於楚辭研究的許多重要問題都已經有所體現或涉及，算得上是此領域近現代研究的一冊早期代表性著作。

楚辭作於漢代考的作者何天行生於一九一三年，卒於一九八六年，對浙江遠古文化——良渚文化的發掘考證有重要貢獻，出版有杭縣良渚鎮之石器與黑陶，是著名的考古學著作。楚辭作於漢代考受當時顧頡剛疑古學派的影響，論證楚辭各篇皆作於漢代，離騷的作者是淮南王劉安。這種觀點是楚辭研究中的一家之言，後來朱東潤也持相近觀點。楚辭作於漢代考的寫作曾受到蔡元培的鼓勵，完成於抗日戰爭發生前夕，作爲一種歷史痕迹，於楚辭學的演變具有參考價值。

漢代詞賦之發達，商務印書館一九三五年出版，其作者金秬香，生平待考，他另有駢文概論一書，爲商務「萬有文庫」第一集中叢書，則金氏乃當時知名文化人無疑。漢代詞賦之發達共十章，對漢賦作了比較全面的考察研究，其第一章「辭字之解釋」辨析「辭」與「詞」字義語源的來龍去脈，認爲「楚辭漢賦」中「辭」應作「詞」，故全書行文，皆稱「詞賦」。其後各章，對「賦字之定義」、「詞賦之源流」、「詞賦之作用」、「詞賦之分析」、「漢代詞賦之所由盛」、「漢代詞賦之所由衰」、「漢代詞賦發達之原因」、「漢代詞賦之種類」、「漢代詞賦之變遷」分別討論，漢代重要詞賦作家作品多已涉及，全書行文爲淺近文言。由於詞句多古僻，深入研討漢賦者歷來不多，此書可視爲漢賦研究的早期圭臬。

陸侃如樂府古辭考，完成於一九二五年，商務印書館一九三〇年出版，堪稱是對漢樂府研究的開山之作。共八章，依次爲：一、引言；二、郊廟歌；三、燕郊歌；四、舞曲；五、鼓吹曲；六、橫吹曲；七、相和歌；八、清商曲。序例有云：「樂府是中國文學史上很重要的材料。但是研究起來，較詩經楚辭爲難，因爲没有適當的參考書。……近來研究詩經楚辭的人很多，但很少有人研究樂府的。這本小冊子的問世，便是希望能引起讀者對於樂府的興趣，大家來作湛深的研究，使樂府的真價值不致永久的湮沒。」雖是「小册子」，而能於漢樂府爬梳史料，清理源流，辨析考鑒，確有開闢之功，後來的研究者，實受其惠。

此册還另有陸侃如的一篇論文左思練都考，北京大學出版部一九四八年出版，乃對西晉詩人左思撰寫三都賦構思十年的傳統説法提出异議，認爲「事實上三都賦的構思恐怕超過二十年」，引證古籍，分析辯駁，是一篇專門的考證文章。

原廣州師範學院院長陳一百，生於一九〇九年，卒於一九九三年，是一位教育家。其所著曹子建詩研究於一九四〇年由上海三通書局出版，一九七一年香港大地出版社再版。書分上下篇，上篇包括曹植傳略、曹子建集的傳本考略、曹植詩歌的情感、後世諸家對曹植的評論；下篇兩部分，分别是曹植詩選讀和曹植樂府選讀，文末附有清代學者丁晏的魏陳思王年譜。此書也算對曹植其人其詩的一種早期研究的痕迹，可供後來者借鑒參考。

陶淵明之思想與清談之關係、陶淵明批評二書篇幅不大，故合爲一册。前者爲陳寅恪的一篇論文，燕京大學哈佛燕京社一九四五年出版；後者爲蕭望卿著，開明書店一九四七年出版。陳寅恪生於一八九〇年，卒於一九六九年，是名震遐邇的文史大師，毋庸多介。蕭望卿生於一九一七年，卒於二〇〇六年，曾先後於西南聯大和清華大學深造，並與聞一多、朱自清、沈從文等大家交往密切，一九四九年後任教於河北師範學院中文系，述而不作，僅有此陶淵明批評傳世。

陶淵明之思想與清談之關係不愧名家名作，條理清明，言簡義豐，實爲後世研陶之先驅。文章首先追溯從漢末、魏到晉的「清談」之風，「然則當時諸人名教與自然主張之互異即是自身政治立場之不同，乃實際問題，非止玄想而已」。「略述淵明之前魏晉以來清談發展演變之歷程既竟，茲方論淵明之思想，蓋必如是，乃可認識其特殊之見解，與思想史上之地位也。」再討論陶淵明與佛教徒慧遠等頗有交往，而其思想不染佛風，乃因爲「蓋其平生保持陶氏世傳之天師道信仰，雖服膺儒術，而不歸命釋迦也」。同時，陶淵明「自以曾祖晉世宰輔，恥復屈身異代」，他的「自然」思想，「與當日實際政治有關，不僅是抽象玄理無疑也」。

最後論定陶淵明作爲思想家的崇高地位：「淵明之思想爲承襲魏晉清談演變之結果及依據其家世信仰道教之自然説而創改之新自然説。……不似舊自然説之養此有形之生命，或別學神仙，惟求融合精神於運化之中，即與大自然爲一體。……故淵明之爲人實外儒而内道，捨釋迦而宗天師者也。推其造詣所極，殆與千年後之道教採取禪宗學説以改進其教義者，頗有近似之處。然則就其舊義革新，『孤明先發』而論，實爲吾國中古時代之大思想家，豈僅文學品節居古今之第一流，爲世所共知者而已哉！」

陶淵明批評共三章：陶淵明歷史的影像、陶淵明四言詩歌論、陶淵明五言詩的藝術。這本書是文學史角度的陶淵明專論，與陳寅恪的思想論合而觀之，可謂陶淵明的「全影」，一九四九年後陶淵明研究的輪廓理路，其實皆在其籠罩之下。

此書前有朱自清的序，言短義豐，對陶淵明批評的價值貢獻，可謂已經説盡。陶淵明「詩最少，可是各家議論最紛紜。考證方面且不提，只説批評一面，歷代的意見也够歧異够有趣的。本書『歷史的影像』一章頗能扼要的指出這種演變。在這紛紜的議論之下，要自出心裁獨創一見是很難的。但這是一個重新估定價值的時代，對於一切傳統，我們要重新加以分析和綜合，用這時代的語言，重新表現出來。本書批評陶詩，用的正是現代的語言，一鱗一爪的，雖然不是全豹，表現着陶詩給予現代的我們的影像。這就與從前人不同了。」「本書二三章專論陶詩的作風和藝術，不厭其詳。從前人論陶詩，以爲『質直』『平淡』，就不從這方面鑽研進去。但『質直』『平淡』，也有個所以然，不該含胡了事。本書詳人所略，便是這方面的努力。」「陶淵明的創獲是在五言詩。本書說『到他手裏，才是更廣泛的將日常生活詩化』，又說他『用比較接近說話的語言』，是很得要領的。」「歷來評論者推崇他的五言詩，因而也推崇他的四言詩，那是有所蔽的偏見。本書論四言詩一章，大膽的打破了這個偏見，分別詳盡的評價各篇的詩。」

陶淵明之思想與清談之關係用文言行文，簡潔清雅；陶淵明批評則是生動活潑的白話文，沒有一九四九年後的八股教條氣味。今天的人閱讀起來，也感到很親切的。

唐代文學史，陳子展著。陳氏生於一八九八年，卒於一九九〇年，一九三三年起一直任教於復旦大學，以詩經直解、楚辭直解名世。唐代文學史於一九四四年由作家書屋（姚蓬子在上海開的書店）出版，一九四七年重印，共八章，分別是：一、說到唐代文學；二、初唐詩人；三、盛唐詩人；四、中唐詩人；五、晚唐詩人；六、古文運動；七、唐人小說；八、晚唐五代詞人。對整個唐代文學，作了梳理概述，篇幅不長，內容全面，可以視爲後來中國文學史唐代文學部分的早期代表作。其中的說法，今天看來自然不新鮮，放在當年的時代背景下，則頗可稱道。如論李白與杜甫的優劣：

> 可見一個肯自命爲狂者，一個不諱言爲腐儒。一個抱超世主義，源於道家思想；一個抱淑世主義，源於儒家思想。一個幻想超昇仙境，一個不忍離開君國。總之，他們的作品都是他們自己生命純真的表白。
>
> 大抵李杜於詩的手法上，一個側重自然，一個側重雕飾。風格上一個豪放飄逸，一個沈（即「沉」）鬱頓挫。各有各的價值，各有各的生命。

商務印書館「國學小叢書」有顧彭年杜甫詩裏的非戰思想，一九二八年出版，一九三三年重印，據作者序言，書完稿於一九二五年。商務印書館「萬有文庫」中又有顧氏現代歐美市制大綱一書，一九三〇年出版。此外知道他從事過新體詩的翻譯與創作，其餘生卒年和生平等則概不清楚。杜甫詩裏的非戰思想共五章加一個附録：一、緒言；二、杜甫傳；三、杜甫的時代；四、杜甫以前及他同時代的反對戰爭的思想與作品；五、杜甫詩的非戰思想；附録：杜甫時代重要之戰爭與叛亂年表。

杜甫爲「詩聖」，杜詩乃「詩史」，歷來研究繁夥。此書以「非戰思想」爲中心主題，表現出明顯的時代印記。如作者自序中所云：「迨江浙戰争發生後，作者對於戰争的惡魔的面龐益認識清楚，這位大詩人的非戰作品，也就愈加湧現在我的腦際了，但因戰争的驚擾，屢次遷徙，心如蝴蝶，如浮萍，飄蕩無定，不克專心於此，直到逼近年節，始把牠修改好，字數已比初稿增加了一倍以上。」今日之杜甫研究成果已經汗牛充棟，而此册小書，仍於讀者開卷有益，在於戰争之兇惡痛苦，人類仍未能完全消弭避免。而此書感同身受的寫法，就不僅是一本研究著作的影響了。其緒言末段的感慨最能傳達不以時代變遷而更改的情愫：「我們所處的時代與杜甫的時代有不少的地方相類似；環境的艱險比他的有過之無不及；我們的兄弟，所流的血泪，所受的凌辱與壓迫與騷擾，比他的時代的人更甚；但當今能代表時代的作品有幾？能真切的表現自己所處的環境的佳制有幾？具有完整，聖潔，毅勇，偉大的人格而爲民衆呼吁的詩人安在？」

唐人詩中所見當時婦女生活，作家書屋一九四七年出版。作者劉開榮，一九三五年考入金陵女子文理學院中文系，一九四一年畢業，一九四三年完成此書。劉開榮後來又去燕京大學歷史系深造，在陳寅恪指導下完成唐代小説研究，一九四七年商務印書館出版，一九五〇年再版，一九五三年三版，臺灣亦曾三次重版。

唐人詩中所見當時婦女生活書前除作者自序外，尚有華西大學華西週刊主編陳國樺序、陳中凡序及華西大學英文系外教費爾樸序。陳國樺序末署「（民國）三十二年二月十二日序於華西大學」；陳中凡序末署「民國三十二年一月二十五日」、「成都華西壩廣益學舍」，費爾樸序末署「一九四三年春」、「於四川成都」，而劉開榮自序末署「（民國）三十二年一月二十二日於華西壩」，是則其時劉開榮與陳中凡俱任教於華西大學。書之正文共九章：一、引論；二、勞動婦女（上）；三、勞動婦女（下）；四、民間一般婦女的日常生活；五、民間一般婦女的精神生活；六、妓女生活；七、宮庭婦女及貴族婦女生活；八、女冠子生活；九、結論。

陳國樺序有云：「處在中國抗建（即抗戰與建設——引者）的現階段，如欲建設新中國，必須動員二萬萬多女同胞的力量，共同參與偉大的建設工作。著者劉開榮君寫成此書，實無异提出婦女解放的問題，請大家重新加以嚴肅的考慮，因爲唐代的婦女生活，又何異於現代的婦女生活呢？」

陳中凡序則説：「我以爲此文可以作爲唐代婦女史看。因爲我國古代史家專紀帝王名臣的史績，至今中國史書有帝王家譜之譏。社會上廣大群衆反被擯於史書領域以外，真是憾事。今讀此文，方知道史家所忽略的東西，詩人乃一唱三歎，反復申詠。只要後人加以探討，就可以把當日被壓迫的一般婦女實際情形，畢露無遺。」

費爾樸序（英文，劉開榮譯成漢語）贊美：「本書作者劉開榮女士，本人會詩，也善爲富有詩意的散文，可以説是給近代的文學寶庫添上了一幅生動的圖畫——一幅女人的美麗的夢景。『唐代的光榮』不但包括有金漆的畫棟和迴廊，光彩奪目的瓷器，以及吴道子的山水名畫，并且有琳琅滿目的辭林文苑，裏面活躍地呈現着宫庭裏莊嚴的婦女，也舞動着詩人們生花的筆尖。」

劉開榮的自序中則如是説：「本書的目的，不是要研究某一人某一事，而是要像一個攝影專家，把唐人詩中所反映的當時婦女生活的斷片，一一剪下來，拚在一起，使人一看便可得到一個個鳥瞰。所以凡能對當時的婦女生活，給一綫光明或一絲暗示的詩料，作者都不肯割捨。尤其關於佔有人精神生活一大部份的兩性間的言情談愛的記載，作者更要把它赤裸裸地呈現在讀者的面前，讓讀者進到他們的精神世界裏面去，不再襲用以往的成見，把君臣的關係拉扯上去，加以牽强附會的解釋了。」

可見這册書，無論作者與評者，都更注重其對「新婦女觀」的弘揚，而於唐代文學研究的價值反而在其次。劉開榮身爲女性，於有關女性的詩作更容易心有戚戚焉。這自然也受當日西學日漸張揚女權等社會情境、時代風氣和思潮的影響。今日的讀者，則更注重其學術層面的價值。如陳汝潔説：「有人説劉開榮的這本書實踐了陳寅恪先生的『以詩證史』的思想，我仔細讀了之後，覺得劉著與陳寅恪先生的元白詩箋證稿相比，還是差别較大的。陳著箋釋元白詩，往往證之以史籍，能使人明了詩中所寫何者爲史實何者爲虚構。在陳來説，『以詩證史』又何嘗不是『以史證詩』。而通過『以史證詩』所揭示出的元白詩中的今典，對讀者理解元白詩具有重要作用。以注釋來説，能注出今典比注明古典難度要大。寅恪先生在元白詩箋證稿中揭示了大量今典，因難能而可貴。而劉著在全書中很少涉及當時的史籍，所以讀後讓人覺得是她從全唐詩中分類披檢關乎婦女詩作，費了不少工夫而欠了一點功力，無法望陳著項背。但劉著是一部有趣的書，她把唐詩中關於婦女的詩作檢索、排比出來，讓人知道唐詩中的這一類。倘若她能夠進一步讓讀者知道詩中所寫的這些婦女生活，哪些合於唐代史實哪些是詩人虚構，那該多好！不過，從書名來看，她大約認定唐代詩歌中所寫即是當時社會中所有，真的嗎？我認爲這需要證明。」

清代婦女文學史，一九二七年二月中華書局初版，一九三二年十二月再版，共十七萬五千字。作者梁乙真，河北獲鹿人，生於一九〇〇年，一九二五年後就讀於上海南方大學，卒年及生平不詳。除清代婦女文學史外，尚著有中國文學史話、中國民族文學史、中國婦女文學史和元明散曲小史。

清代婦女文學史共列舉了漢、滿閨閣名媛、娼門、女冠、難女、乞丐女性作者三百餘人。內容目録爲：第一編明清兩朝婦女之極盛時期；第二編清代婦女文學之極盛時期（上）；第三編清代婦女文學之極盛時期（下）；第四編清代婦女文學之衰落時期；第五編清代婦女文學雜述。

書前有王蘊章序、王燦芝序和自序，書末附録清代婦女著作家表及人名索引。此書受謝無量中國婦女文學史啓發和影響，但後來居上。王蘊章和王燦芝都給予較高評價。當代女性文學研究者也頗加青目，評論其重視女性張揚女權的思想意義高於文學史意義。所謂二十世紀三部女性文學史梁乙真居其二。

宋代文學，呂思勉著。呂氏生於一八八四年，卒於一九五七年，是著名歷史學家，其中國通史、秦漢史、讀史札記等都是史學名著。這册宋代文學一九二九年由商務印書館出版，共六章，分別是：一、概説；二、宋代之古文；三、宋代之駢文；四、宋代之詩；五、宋代之詞曲；六、宋代之小説。

此書行文用淺近文言，梳理宋代各體文學的代表作家、演變發展脈絡相當全面，可視爲宋代文學史的早期代表作。其觀點議論，具有二十世紀早期的清明樸實，非如後來受各種所謂「範式」拘限者。如論三蘇之文：蘇洵「筆力堅勁，自以老泉爲最。然老泉好縱横家言，恒以權譎自喜，而其言實不可用。故其議論，多有不中理者」。蘇軾「則見解較老泉爲高。雖亦不脱縱横之習，然絶去作用處，時或近於道家。非如老泉一味以權術自矜也。尤妙在能以明顯之筆達之。晚年文字，則心手相忘，獨立千載」。蘇轍「氣象不如其父兄之雄奇；才思横溢，亦非乃兄之敵。然議論在三家中最爲平正，文亦較有夷然澹蕩之致，則亦非父兄所能也」。宋代文學專設駢文一章，也是後來的文學史一般所忽略的。

中國詞史大綱，胡雲翼著。胡氏生於一九〇六年，卒於一九六五年，曾於中學、大學任教，後爲上海中華書局、商務印書館編輯，於唐宋詩詞研究深湛，有宋詞研究、宋詩研究、宋詞選、唐詩研究等著作行世，影響頗大。中國詞史大綱，北新書局（創立於北京，後遷上海）一九三五年出版。此書分兩編，第一編爲「唐五代詞」，共九章，第二編爲「北宋詞」，共十四章，共録詞人凡五十七家。

此書爲近代意義上對詞這一形式溯波追源之較早學術著作，也可以説是研究宋詞的早期經典。其論詞與詩之區別云：「長短句的歌詞在文人的社會裏確立以後，牠的發展漸漸地把不甚協樂的律絶詩壓倒了。我們看樂曲裏面的長命女、烏夜啼、漁夫詞、長相思、江南春、步虛詞、鳳歸雲、離別難、金縷曲、水調歌、白苧等調，最初都是用五七言絶句歌詞，後來都改用長短句的歌詞了。中唐詩人還有寫律絶詩給樂工伶妓們去唱，到晚唐竟失掉歌詩之法，只有長短句的歌詞了。這不顯明的是：長短句的歌詞藉着在音樂上的便利，把整整的歌詩打倒了嗎？」詞的興盛在音樂這一歷史的核心問題，如此明白曉暢地揭示了出來。

詞的歷史分期，此後的文學史，都以中國詞史大綱的説法爲準，如北宋詞的演變：「歷史的發展，則可分爲四個時期：第一個時期是小詞的時期，以晏殊、歐陽修、晏幾道諸人爲主幹；第二個時期是慢詞的時期，以柳永、秦觀諸人爲主幹；第三個時期是詩人的詞的時期，以蘇軾、黃庭堅諸人爲主幹；第四個時期是樂府詞復興的時期，以周邦彥、李清照諸人爲主幹。」與後來的文學史相較，中國詞史大綱没有「婉約派」「局限於個人趣味」，「豪放派」「關注國家社會」「積極入世」一類意識形態評論語言，更顯學術性的單純。

趙景深著宋元戲文本事，北新書局一九三四年出版，但其完成於一九二三年六月。這是對宋元南戲研究的筆路藍縷之作，其開闢之功永耀史册。作者在自序中説：「這一本小書的目的是想把已佚的宋元戲文輯録出來，作爲研讀中國文學的一個參考；爲了恐怕專載佚文太枯燥，斷簡殘篇湊在一起也令人有丈二金剛之感，於是也附一點本事，把殘文貫串起來，使得讀者看這一本書不像是摹（即『摩』）挲古董，而像是在讀幾篇很有趣味的短篇小說。」

書共九章，輯自南九宮譜、新編南九宮詞、雍熙樂府、九宮大成南北詞宮譜，內容包括：一、王煥和王魁；二、陳巡檢梅嶺失妻；三、四種戀愛戲文；四、王祥卧冰；五、黃周兩孝子；六、江流和尚；七、僅存三五曲的元代戲文；八、僅存兩曲的元代戲文；九、僅存一曲的元代戲文。

中國戲劇小史，周貽白著。周氏生於一九〇〇年，卒於一九七七年，是著名中國戲曲史家和中國戲曲理論家，還曾經創作並演出話劇作品三十部上下。他首先提出並詳細論證中國戲曲的三大聲腔源流——崑曲、弋陽腔和梆子腔，厥功甚偉。他於一九三六年出版中國戲劇史略和中國劇場史（商務印書館），中國戲劇小史乃在前二書基礎上再加補充修訂，於一九四六年由上海的永祥印書館印出。後來又出版中國戲劇史（一九五三）、中國戲劇史講座（一九五八）、中國戲劇史長編（一九六〇），以及遺著中國戲劇發展史綱要（一九七九），都是以中國戲劇小史爲基礎的。

中國戲劇小史共八章：一、中國戲劇的形成；二、唐宋的戲劇；三、南戲與北劇；四、明代戲劇的概況；五、崑曲與亂彈；六、皮黃劇的勃興；七、文明戲與話劇；八、中國戲劇前途的展望。今天的讀者，要了解中國戲劇發展的歷史，當然有後來居上者的書可讀，但前驅者的貢獻也是不容抹殺的。中國戲劇小史的意義就在這裏。

中國小說的起源及其演變，正中書局（陳果夫一九三一年創立於南京）一九三四年出版，作者胡懷琛。胡氏生於一八八六年，卒於一九三八年，一九三二年被聘爲上海市通志館編纂。他搜集整理一批上海地方史志珍貴資料，卓有貢獻。其藏書以詩文集和課本爲特色，如三字經、百家姓、千字文、千家詩等，收集齊全，劉鶚稱其爲「三百千千」。收集外文書籍和少數民族作者的漢文詩集一千餘種，可惜其藏書在抗戰時多半被日寇炸毀。一九四〇年，其子胡道靜將殘餘之書捐獻給了震旦大學。

中國小說的起源及其演變共六章：一、本書說到的範圍；二、小說的起源及小說二字在中國文學上的涵義之變遷；三、中國小說「形」的方面的演變；四、中國小說「質」的方面的演變；五、現代小說；六、研究中國小說參考的書目。第一章開宗明義：「本書所講的，只有兩件事情如下：（一）是中國小說的起源，與小說二字涵義的變遷。（二）是中國小說的演變，並現代小說的標準。」

研究小說者歷來推崇魯迅的中國小說史略和胡適的中國章回小說考證，那自然是開山的典範之作。其後錢靜芳小說叢考、蔣瑞藻小說考證等也都功力深湛，卓然有成。本書算得上是一册史論相結合的小說研究著作，在中國小說研究的歷史進程中，雖然不如上述幾種著作那麽經典，却也有其歷史的價值和意義，從「可讀性」來說，則更占優勢。如此書說到中國小說的歷史變化，通俗易懂而能切中肯綮：「由古代的傳說在口上，演變成寫在紙上，這是一變。宋代的說話勃興，這是第二變。宋人的話本，由說給人家聽的，變爲直接給人家看的，這是第三變。紅樓夢、儒林外史等，只是寫的，不是說的，這是第四變。然而『說』和『寫』，仍是同時候存在的，決不是變成後者，前者就消滅了。只不過互有盛衰而已。」

此外說到的一些情況，也頗能讓我們對於歷史的演變，有一種親切的感知。如：「在民國前一二年，有周作人譯的域外小說集，是用文言譯西洋的短篇小說。不過是大失敗了。這失敗並非域外小說集自身不高明，只是和那時候的讀者程度相差太遠。第一不歡喜讀這種無頭無尾的短篇小說，第二不歡喜讀平淡無奇的故事，第三不歡喜這種比較生硬而樸質的文言。結果，這部書當時幾乎没有人知道。」

書評研究，商務印書館一九三五年出版。作者蕭乾生於一九一〇年，卒於一九九九年，是著名翻譯家、作家、富有傳奇色彩的二戰記者，畢業於燕京大學新聞系，後去英國劍橋大學任教並讀碩士學位，一九四三年領取了隨軍記者證，正式成爲大公報的駐外記者，也是二戰時期歐洲戰場的唯一中國記者，一九九五年中國作家協會授予其「抗戰勝利者作家紀念碑」榮譽。三百二十萬字的蕭乾文集包括小說、散文、特寫、回憶録等，譯作莎士比亞戲劇故事集、好兵帥克以及與夫人文潔若合譯的尤利西斯等更是影響巨大久遠。

隨着近現代出版業的發展，書評也逐漸增多，但對這種新型的文學批評樣式作正式的研究，書評研究可以說是拓荒之作。書共八章：一、序論；二、書評家；三、閱讀的藝術；四、批評的基準；五、批評的藝術；六、書評的寫作；七、書評與讀書界；八、附録。此書的核心思想是，書評是有益於社會的嚴肅工作，書評家是具有特殊身份的知識者，代表讀者的鑒定者，文化生産的監督人，而不是庸俗、獻媚的商業廣告商。如：「一切批評都必須基於清澄的理解。批評的公允實即理解深澈的反映。」「書評家寧可改業廣告，永不可用批評的地位作兜售的營生。」「對讀者他服務，却也不侍奉如奴隸。他把讀者看成智力的平等者。他並不武斷地强迫讀者接受他的意見，也不賣弄學問如一塾師。讀者的好惡是受風氣支配的，但他不追隨那風氣，他不固執，却有信仰。」無疑，即使在今天，書評研究仍然有牠的現實針對性和意義。

清代詞學概論，上海大東書局一九二六年出版。其作者徐珂生於一八六九年，卒於一九二八年，爲光緒舉人，袁世凱天津小站練兵時的幕僚，一九〇一年任上海外交報、東方雜誌編輯，後爲商務印書館編輯，其所編纂的清稗類鈔是享譽學林的文史巨著。

清代詞學概論共七章：一、總論；二、派別；三、選本；四、評語；五、詞譜；六、詞韵；七、詞話。作者雖入民國，而其傳統文化教養的底色，濃郁深厚，迥非後來人可比。故此書行文，爲優美洗練的文言，而其對清詞演變脈絡的勾勒，代表性詞人的品評，乃至資料的選録等，都有「個中人」的真知灼見，可謂言簡意賅，高屋建瓴，非後來研究者搬弄西洋「範式」敷衍成文者可及。無疑，此書可列入「學術經典」的行列，不像本選集大多數作品具「過渡轉型」之身份色彩也。

如清代詞學概論評騭「清初之詞」的代表作家，「最著者」爲朱彝尊、陳維崧，「兩人並世齊名」，而前者「情深，所作詞高秀超詣，綿密精美，其蔽爲餖飣」；後者「筆重，所作詞天才艷發，辭鋒横溢，其蔽爲粗率」；「繼之而起名重一時者，實惟納蘭容若。門第才華，直越北宋之晏小山而上之，其詞纏綿婉約，能極其致，南唐墜緒，絶而復續」。再如説清詞之派别：「有清一代之詞，有二大别：一浙派，一常州派，亦猶散體文之有桐城陽湖二派也。」這些基本的定位，都成了後來各種文學史、清詞史祖述的圭臬。再如書中説到「才人之詞」、「學人之詞」、「詞人之詞」的三分法，也直搗黄龍，揭示本質，對後世影響深遠。

韓柳文研究法著者林紓生於一八五二年，卒於一九二四年，堪稱是一位清末民初的文化奇人。他是桐城派散文的殿軍，一點不懂西洋語言文字，僅憑聽人口述，把一百八十多種西方小説翻譯成漢語，成爲向古老中國介紹西方文學的開山人。「林譯小説」，曾經是好幾代人的最愛，用文言表述的漢譯西方小説，成了中西文化交流史上一道奇异的瑰彩。

韓柳文研究法亦是文言文著作，對韓愈和柳宗元的多篇古文逐一評論，細緻深入，作者所持觀點立場，則完全是傳統的儒家思想體系和桐城派衡文的法眼，完全不見西學影響的痕迹。此亦可見所謂民國時段之文化形態，新舊雜陳，多元豐富也。

前有馬其昶（一八五五——一九三〇）短序，馬氏乃桐城派後勁，清史稿之「儒林」、「文苑」卷總纂。其序説與林紓「同客京師，一見相傾倒，别三年，再晤，陵谷遷變矣。而先生著書談文如故，一日出所謂韓柳文研究法見示」。所謂「陵谷遷變」，即指清朝滅亡而民國建立，韓柳文研究法於一九一四年由商務印書館出版，則此書或峻稿於清季。馬其昶贊美林紓「於史漢及唐宋大家文，誦之數十年，説其義，玩其辭，醰醰乎其有味也」。林紓於韓愈、柳宗元的古文沉浸涵泳，所謂「韓氏之文，不佞讀之二十有五年」，則其所得所會，自然和後來接受了西方文藝思想的研究者，無真賞而僅「分析批判」所見大爲不同。

如林紓這樣評析韓愈的文章寫作技巧：「韓氏之能，能詳人之所略，又略人之所詳。常人恒設之籬樊，學韓則障礙爲之空。常人流滑之口吻，學韓則結習爲之除。漢所謂摧陷廓清者，或在是也。」「韓文能抑絶掩蔽，不使自露。不佞久乃覺之。……不善學者，往往因蔽而晦，累掩而澀。……所難者，能於掩蔽中，有淵然之光、蒼然之色，所以成爲昌黎耳。」

再如評柳宗元：「柳州段太尉逸事狀，與昌黎張中丞傳後叙，均洋洋有生氣，亦皆良史之才也。不佞甚惜柳州不爲史官，其寫忠義慷慨處，氣壯而語醇，力偉而光斂，可稱極筆。」「若公在永州，一荒昧不辟之區，必待糞除，其勝始出。是永州之勝，均係諸公之一言。則非極力描摹，山容水態，亦不易流傳於藝苑。集中諸文皆佳，而山水之記，尤爲精絶，雖大同小异，然各有經營。韓公猶望而却步，何論其他。」

文學論略，章太炎著。章太炎生於一八六九年，卒於一九三六年，太炎是號，名炳麟，在小學（語言文字學）、歷史、哲學、政治方面都有卓越貢獻，乃近代的國學大師。我的業師姚奠中先生是章先生最後招收的研究生之一，把對文學論略的評介作爲這一個系列學術著作的「收官」，格外具有意味。

文學論略首發於一九〇五年的四川學報（未完），一九二五年上海的群衆圖書公司出版，一九二六年再版，後來又成爲國故論衡的一部分。文學論略前面有胡適的一篇序，其中的一些話很有意味：

這五十年是中國古文學的結束時期。做這個大結束的人物，很不容易得。恰好有一個章炳麟，真可算是古文學很光榮的結局了。章炳麟是清代學術史的押陣大將，但他又是一個文學家。

他是能實行不分文辭與學説的人，故他講學説理的文章都很有文學的價值。

但他究竟是一個復古的文家。他的復古主義雖能「言之成理」，究竟是一種反背時勢的運動。

總而言之，章炳麟的古文學是五十年來的第一作家，這是無可疑的。但他的成績只够替古文學做一個很光榮的下場，仍舊不能救古文學的必死之症，仍舊不能做到那「取千年朽蠹之餘，反之正則」的盛業。他的弟子也不少，但他的文章却没有傳人。

文學論略開宗明義：「何以謂之文學？以有文字，著於竹帛，故謂之文；論其法式，謂之文學。凡文理，文字，文詞，皆謂之文；而言其采色之焕發，則謂之彣（讀『文』，文采之意）」。這裏的核心思想，即文、史、哲不作絶對區分的「文學」觀念。而這一點，正是中國文化的根蒂，與西方講究分科别類的「科學」文藝學大異其趣。從表面看來，如胡適所批評，章太炎的這種文學觀是「復古主義」，「反背時勢」。胡適在序言結尾説：「章炳麟在文學上的成績與失敗，都給我們一個教訓。他的成績使我們知道文學須有學問與論理做底子，他的失敗使我們知道中國文學的改革須向前進，不可回頭去。」

以五四新文化運動爲起始標誌的「白話文」運動，正是沿着胡適的主張發展前行的，魯迅的「拿來主義」主張也主宰了整個二十世紀的中國文學和文化的走向。我們所評介的民國學術著作，絶大多數也體現了這個方向和主旨。但問題並不是單一的，歷史也是復雜的，如今我們回顧反思，在肯定胡適所説「改革必須向前，不可以回頭去」的歷史合理性一面的同時，也必須正視章太炎的文學主張，藴含有更深層的中國傳統文化之精義奥旨，而且隨着人類文化在二十一世紀出現的困境，越來越具有啓示意義。單從對文學的認識來説，章太炎標榜的文、史、哲大會通的中國傳統文化的根本立場，也是有其文化深刻性和現實針對性的。

因此，對民國長達四十年時段的學術著作及其體現的思想方向，也不能簡單化地對待，忽視其所體現的歷史走向必然性與新價值的合理性是不對的，過分拔高推崇也有所偏頗。畢竟，那是一個「過渡」、「轉型」的時期，其多數學術文化著作也必然帶有「過渡」、「轉型」的色彩，是「進行時」和「未完成時」，距離「經典」尚有距離。從戊戌變法到辛亥革命到五四運動，一直到一九四九年，泛民國時段（包括其醖釀鋪墊時期）之中國現代化歷程從肇始而前行，歷經曲折，其激烈變化之歷史空隙中艱難産生的學術文化，有其大膽引進勇敢開拓而攝人心魄的一面，也有其嘗試而稚嫩、外來與傳統磨合不甚相契的一面。近世之社會轉型文化轉型乃大勢所趨，民國的學人們做出了艱苦的努力和卓越的貢獻，如何能在吸取世界其他文明滋育的同時，又能使中國傳統文化精粹得以恢弘發揚，再造輝煌，此正民國以來直至今日，中國知識界文化界苦苦思索探尋而歷久彌新之時代課題！

正是在這個意義上，民國的學術著作，這些體現了當日中國文化精英思考、研究、探索中國的社會與國家之現代化轉型的成果，其中的材料等或已經是舊痕陳迹，而其所思考的問題，所探索的思路，所提出的設想，以及這些著作本身的種種成就和不足，對於今天的中國現實，仍然具有攻錯借鑒的意義。他山之石，可以攻玉，何況此本非他山之石，正我山自有之石乎！

欲滅其國族，必先滅其文史。民族的歷史，特別是文化史、思想史、學術史，誠乃一國一族之精魂慧命之所在所基。當年日本侵略者之所以轟炸商務印書館與東方圖書館者，正深諳此理也。而商務印書館鳳凰涅槃浴火重生之艱苦奮鬥，亦未稍懈於斯。

民國語文，也在「轉型」途程中，這些學術著作的文風，大多是一種「尚存文言痕迹的白話文」。今天的青年讀者閲讀起來，也許會有异樣的感覺，但也可謂別具一種風味。而此二十三種著作的作者，絶大多數爲南方人，如浙江、江蘇、湖南、福建等省份，這些著作又大都在上海出版，由此亦可見民國時期文化發展的大情勢。這二十三種著作的二十位作者，當其撰寫著作之時，應該説彼此質素、學養都相差不遠，而其後之發展結局，則有的著作等身成爲大家大師，有的則後勁不足而逐漸湮滅少聞，固然各人機遇運會不同，而個人心志的堅持和努力之有無强弱，無疑是最主要的因素。對今日之學人特別是青年，不也很有啓發意義嗎？

潛入歷史的塵霾中排沙簡金，而選擇出此二十三册著作，並非筆者所爲，因而對此種簡選是否即能代表民國時期文學研究的大體大略，實亦不敢斷言，滄海遺珠或在所難免。而忝膺爲此編叢書作序的重任，惶恐之意，自不待言，管窺蠡測，亂彈胡侃，尚祈盼海內外方家不吝指教。但披閲這些先賢的著述，恰如驀然回首，向幽深的夜，重新點燃支支老紅燭。「紅燭啊！是誰制的蠟——給你軀體？是誰點的火——點着靈魂？」（聞一多紅燭）

點點燭光，明輝熠熠，回顧往昔，瞻望將來，道一聲：願我們的中國，鑒古灼今，發揚傳統精華，吸取五洲營養，漸進改革，持續開放，醒獅昂首，闊步奮行，前程佳美！

二〇一四年四月一日於大連

作者簡介

趙景深（一九〇二年—一九八五年），浙江麗水人，中國戲曲研究家、文學史家、教育家、作家。一九三〇年起任復旦大學中文系教授。曾任中國古代戲曲研究會會長、中國俗文學學會名譽主席、中國民間文學研究會上海分會主席等。在元雜劇和宋元南戲的輯佚方面作了開創性工作，對昆劇等劇種的歷史和聲腔源流及上演劇目、表演藝術均有研究。著有曲論初探、中國戲曲實考、中國小説叢考等十多部專著。

十九版自序

這幾天我把十年前所寫的中國文學小史又重看了一遍，引起了許多回憶；哪一章，哪一節，是在怎樣的情況之下寫出來的，都歷歷如在目前。

十年前，我跟隨着新文學浪漫運動的巨潮向前推動，當時我充滿了熱情和詩趣，喜歡說一點帶有情感的話，喜歡像做詩一樣的寫文章。我一面讀着我自己的舊作，一面驚訝於自己生活之愈趨於機械和規律。現在要叫我再用這樣的筆調寫一本同樣的書，我一定寫不出來。並且，那時正是我新婚的時候，興致也特別的好，所以也寫得分外起勁。也許讀者們這樣的愛讀這本小書，使牠達到十九版，清華大學入學考試且曾指定此書為唯一的參考書，大約都是為了牠使人讀起來不至於十分頭痛吧？

這本書嚴格的說來，或許不能稱為「史」，因為這本書對於文學變遷的徑路，及其政治經濟的背景說得太少了。但我請讀者給我一個原諒，我只是寫一本中國文學的常識；

或者，我是在說一個故事。初生的小兒不怕虎，文學的修養不深，隨便看了一些文學古籍，便提起筆來亂寫，眞是大胆妄爲！可是有一點我是可以告慰的，就是：這本小書不是抄的，也不是剪的，可說是我看了一些中國詩、文、小說、戲曲以後的讀書錄。我所要努力實現的就是使讀者淸晰地辨別各個作家的特點或作風（Style）。我不願像一般文學史那樣胡亂地舉例，我不願以作品的好壞來作爲舉例的取捨。凡我所舉的例，都是說明那個作者，使其特點或作風更加顯露的。倘容我嘮叨的說，我可以告訴你：建安七子的賦大多同題，陶潛的詩一提到酒就幽默起來，謝靈運在詩的終了就想念他的朋友，何遜擅於離別的描寫，王維也寫戰爭詩，劉長卿的詩多悒鬱而且苦悶，韓愈善寫陰濕之景，賈島愛用寒字，李淸照愛用誰字，晏殊的詞裏常提到時光催人老，張先愛用影字，馬致遠常寫仙境的美麗，關漢卿的戲喜歡弄點小聰明，……這些話一時也說不完，總之，我舉例不白舉，我要使得例證與作者有密切的聯繫。

我寫這本小書是自己暗中摸索來的。一九二三年以前，我對於中國文學的常識還是等於零，什麼都不知道，根本不曾聽見過中國文學史這個名目。一九二六年就寫成了這本小書，可說是當了四年中學國文教員的一點成績。一九二三年在嶽雲中學教國文，專選唐文，以韓柳爲主，兼及其他，對於唐代詩人有關的文章特別注意，此書的唐詩部分就在當時培育了一部分。一九二五年在上海立達學園教國文，我第一次嘗試按着文學史的順序編選國文，從詩經、楚辭選起，這時我已經下意識地感到要編一本中國文學史。一九二六年在紹興第五中學恰好擔任了中國文學史的科目，我就一邊講一邊編了起來；除講書改文以外，全部的時間，都用在中國古文學上。湊巧龍山師範有元曲選和全漢三國晉南北朝詩，紹興縣立圖書館有商務的四部叢刊，我自己還有漢魏六朝百三名家集，宋六十名家詞以及唐人的一些詩文專集，這些書拼拼湊湊地便做了我的參考材料。每逢星期六課餘之暇，我總要到那古廟式的圖書館，坐在紙窗泥地的湫隘的小屋子裏看那唯一的四部叢刊。星期日就把讀後的感想寫出來，接着是星期一拿去付油印。像這樣寫了一年，這本小書的初稿便算壓榨出來了。此後我隨時注意關於中國文學方面的小書，凡是價廉而易得的，我都買了來看，也隨時補充一點材料進去。記得關於韓偓的部分是從汕尾到海豐的旱路途中，在轎子裏看香匳集而得到一點意見的；韓愈的部分則是從紹興逃難出來，在烏篷船中讀唐詩而而得到一些感興的。

這本書雖是幼稚，却得到了兩萬以上的讀者。我要把牠弄得好一點。聽說日本漢學家高田集藏預備譯這一本小書，長澤規矩也也來信說：『夙讀大著小史，久仰大名。』我再也不能延緩我的改訂工作了。例如，據鄭振鐸考出，繡襦記的作者是徐霖；據胡適考出，楊志和的西遊記，成於吳承恩西遊記之後；據魯迅考出，品花寶鑑的作者陳森書應作陳森，花月痕的作者名叫魏秀仁：這些都已經分別改正。詞的起源也照胡適的說法改正，五言詩的起源則照徐中舒等的說法改正。此外，文學家的生卒照梁廷燦的歷代名人生卒年表等書添補；參考書目也多有增加和刪削；現代文學的戲劇和散文兩部分添了兩大段；爲滿足一般批評者起見，特別又加了一章詩經和一章南北朝樂府，因爲是倉卒寫成的，所以寫得很草率，但總算是談到了。其他許多地方的改動，這裏不再一一舉出。

最後，我得聲明的，我是大衆文學的擁護者。我認爲文學作品是應該讓大多數讀者欣賞的，決不是一二人的私産；至少也應該讓受過教養的人看得懂。我並不反對含蓄，但我反對雕琢和堆砌。基於這個觀點，我曾不滿於屈原的天問、楊馬的辭賦、義山的錦瑟、周姜的詩餘：這意見我至今未改。一九二八年有人在大公報上責備我不該「妄自雌黄，任意甲乙」，這兩句話我仍舊奉璧，恕不接受。至於他說，從天問裏可以看到殷代先王遺事，從辭賦裏可以看出古代聯綿字的發達情形，卽此證明這些作品的價值，可説是纏夾「三」。試問，文學與史學、文字學究竟是否一樣東西？從作品裏看出歷史考據和文字學發展的價值與文學的價值又有什麽關係？無怪乎從前的文學史都兼説到哲學和史學了！因此，我想我這本小書雖是闕漏極多，在對於雕琢和堆砌作品的抨擊和大衆文學的提倡這觀點上，或許至今還是有一點意義的吧？

一九三六，六，一一，子夜，趙景深。

十版自序

這本小書因爲讀者的愛護，竟有重版至十次的榮幸，眞是我所意想不到的。聞一多先生來信把這本書比作 Macy 的世界文學的故事。唐圭璋先生在學燈上說：「趙先生應用他美麗的句調，把每個大文學家的生平，有詳有略的分述出來，確實值得稱讚。」楊藻章先生在開明月刊上說：「我讀趙景深先生所著的中國文學小史，覺得很有趣味，像一首長詩一樣，於是這書遂成爲我所愛讀的好書之一。」這三位不曾見過面的朋友這樣的謬獎，眞使我感到慚愧。

這一次把我所知道的錯誤、朋友們的指示都已更正，並且添了一些材料，差不多各節中都有一些。最後一節更加了兩大段，將現代文學敘到最近爲止，雖然寫得很粗疏。

特別注重的删改還有三點：

一、文學家的生卒有些在初稿中所沒有的，大半都據孫偃工的文藝辭典續編補入。

二、參考書目在初稿時舉有報章和難得的雜誌論文，現在完全去掉；因爲舉了出來，無處找得原文，等於不舉。有些由論文而成書，或更易出版處，亦均改正。

三、初稿時有些作家不曾另段，現在擇最重要的特行另段，以清眉目。

爲了這本小書是寫給初學者看的，所以有許多次要的作家和書都不曾列入。就是近年來新開闢的田地，小說和戲劇的翻刻和流布，也講得極少。

匆匆的訂正，大約還有不妥之處，仍乞讀者指正，我誠懇的期待着。

一九三一，八，七，趙景深。

目次

中國文學小史

一　緒言

從來編中國文學史的，有幾點我不大滿意。

（一）範圍不甚嚴緊　每每將經、史、子也當作文學。因此文學史中，每見有四書五經、史、漢、荀、墨的論列。我以爲文學史中不應論及經、史、子。像胡適那樣，著白話文學史，劈頭從漢說起，那纔是具有卓見的編法。

（二）不合普遍閱讀　許多現今出版的文學史，只可供作文學專家的參考，不能當作普遍的讀物。一則分量太多，二則列舉太多，三則嫌其乾燥。我以爲文學史，尤其是給初學讀的文學史，應該兼含有一種閱讀導引的作用，分量不可太多。只列舉些重要的文人而有集子可讀者，並附舉易得的、價廉的書目，以便自學。文學史本來是乾燥的東西，但在可能的限度內，總該用較美麗的敍述，使人讀起來略感到一點興趣。

因了這兩層緣故，我便發下一個願心，來自編一本初學用的中國文學史。但僅有此心，而無此力　雖是勉強編成，仍覺不大滿意，惟願有適用的文學史出來，我這一本也可以算作拋磚引玉了。

二　詩經

詩經是我國最古的文學總集，所以我便從詩經說起。早於詩經的歌詩不是沒有，但不一定可信。詩經共三百零五篇；舉其約數，便說是「三百篇」，這幾乎成了詩經的另一名稱。牠分爲風、雅、頌三部分，大都是西周和東周的產物。「頌」顯出十足地封建國家的架子，其內容無非是些舖揚聖德，演陳儀禮的玩意兒。藝術至爲拙劣，篇章也很雜亂，從五六句到三十幾句，很不整齊。「雅」裏面有許多史詩。不過我國的史詩實遠不及西班牙的 Cid，印度的 Ramayana，芬蘭的 Kaleva'a，希臘的 Iliab 和 Odyssey

等敍英雄的史蹟，寫得那樣長，那樣有結構，那樣筆飛墨舞，我國所有的只是一些含[illegible]的片斷，比較上只有生民寫后稷的誕生，有一點類似別國的史詩。其原因當由於我國北方地薄民艱，黃河時常爲患，人民謀生不暇，沒有閒工夫去做白晝的夢。雅和頌都是貴族文學，「風」則是平民文學，風是從各國的民間採來的，其中有情感熱烈的戀歌，也有心靈痛苦的叫喊，都說出了各自要說的話，赤裸裸的，一點也不虛僞。漢儒紛紛解說，硬把情詩解作刺后妃之德，實極可笑；朱熹雖有時未能免俗，但他却糾正了不少漢儒的謬說。我們讀詩經，應該注意風的部分，因爲這纔是大衆的呼聲，這不是爲少數幾個人創作的。

參考：

（一）詩經（繆天授選注，學生國學叢書本，商務。）

（二）卷耳集（郭沫若譯詩經，泰東。）

（三）詩經語譯上卷（陳子展，太平洋書店。）

（四）詩經情詩今譯（陳漱琴，女子書店。）

三　屈原和宋玉

隋書經籍志以楚辭爲集部之首。楚辭的作者，最著名的有屈原和宋玉二人，世稱屈宋，但宋玉總及不來披髮狂吟的屈原的。

屈原（前三四三——前二九〇）是熱情的生命謳歌者。他的一生，都在讒忌的暗幕裏。他的大志像長劍的鋒芒一樣，但終不能脫鞘而出。上官大夫要搶奪他的憲令，張儀要離間他，鄭袖又嫉忌他，子蘭也陷害他。可憐他雖在楚國官任左徒，其實自懷王、頃襄王以下，誰也不聽他的經綸之策，終於眼睜睜的看他的祖國要被秦國滅了！不但他的主人不用他，還要把他放逐到極遠的夏浦去。頃襄王雖不信任他，但他仍是熱烈的愛着頃襄王！所以後來他竟獨自向郢都進發，希冀着頃襄王一朝能夠悔悟過來。走到洞庭湖畔，他踟躕了，他悵惘的心不知歸宿了！向郢都去罷？怕頃襄王不能容他。下洞庭罷？

又受不住這種淒涼寂寞的侵襲。終於咬了咬牙關，像愛羅先珂一般的下了洞庭，順着沅水下去，上那荒涼沙漠的途路了！他的輕舟停在溆浦，但他終於忍受不住寂寞，熱烈的心反使他追慕着、懷念着頃襄王，於是又回轉身來，溯流而上。可憐他五十多歲的一個老翁，像浮萍一般的飄蕩，受盡了風雪之苦！我們想，楚南本是卑濕地方，『山峻高以蔽日，下幽晦以多雨；霰雪紛其無垠，雲霏霏其承宇，』從他涉江的自述看來，可知他是如何的辛苦了。唉！我們讀到懷沙篇：

『進路北次兮，日昧昧其將暮。

舒憂娛哀兮，限之以大故！』

想到他老人家，從此將棄才無所施展，奄奄以沒，誰不爲他灑幾滴同情之淚啊！後來他走到汨羅，竟終於不敢再見頃襄王，懷抱沙石，投河自殺了！

有他這樣的身世，自然便有悲哀的文學，來唱出他的痛苦。法朗士說：『好的文學作品都是自傳，』屈原的作品之所以爲人欽佩傳誦，也在這一點上呢。他不是弱者（雖然他也不是強者），因此他對於頃襄王有惡毒的譏諷，對於陷害他的人也各有痛快的攻擊。他甚至於說子蘭、靳尙之輩，『邑犬所吠兮，吠所怪也，』（懷沙篇）這便是他文學的特點。

他的作品，最近據陸侃如考證，凡三篇，卽：離騷、九章和天問。九章是：橘頌、抽思、悲囘風、惜誦、思美人、哀郢、涉江、懷沙以及惜往日。天問是他神經受了極大的刺激以後的作品，呵神駡鬼，毫無結構，我們大可不讀。離騷是一首很長的敍事詩，卽以之比擬但丁的神曲亦不爲過。其中富於神話的分子，對於中國神話學的建設，也有無窮的幫助。謝無量則謂離騷是屈原的獨脚戲，我們看他先敍遠祖，次敍皇考，次敍生年月日，次敍自己的名字，不像元曲中「老夫某某是也，某處人……」一樣的麽？九章中可分爲前後二期，以思美人爲鴻溝。前期的作品尙不十分絕望，而後期自思美人以下，則哀鬱沈摯，足使人淚下，他已是到了山窮水盡的時候了！我們最好選讀思美人、哀郢、涉江、懷沙這四篇後期作品。自然，他的東西是不免重複的，但我們愈是聽他重複的

說，愈覺得他的靈魂所受創痛之深呵！屈原之後有

宋玉（前二九〇？——二二二？）據陸侃如的考證，他的作品只有九辯和招魂眞是他自己作的。陸侃如稱讚他的作品道：『蟋蟀的哀鳴，鵾雞的啁哳，變成了他的葬歌；草木的搖落，明月的消毀，變成了死神的啓示。』其餘如高唐賦、神女賦、登徒子好色賦、對楚王問、笛賦、諷賦、釣賦、舞賦、高唐對、風賦、大言賦、小言賦這十二篇都是他可疑的作品。從這些可疑的作品看來，可知他的口才比他的文才還要好。我們看，楚王說他不受百姓稱讚，他就說，『尺澤之鯢，豈能與之量江海之大；』楚王說他好色，他就說：『女登牆闚臣，三年至今未許；』說得大就至於『身大四塞，愁不可長：據地跻天，迫不得仰，』說得小就能夠在蠅鬚上吃飯，就是比之善於說幽默話的史維夫特（Swift）的格利佛遊記（Gulliver Travels）也可以配得上呢。

參考：

（一）屈屈（陸侃如編，亞東圖書館）

（二）楚辭（世界書局影印本）

（三）宋玉（陸侃如編，亞東圖書館。）

（四）文選（可選讀宋玉著作。）

九辯，招魂（卷三十二，招魂，文選誤作屈原作

（五）屈原列傳（史記精華，中華。）

四　賈誼

賈誼（前二〇〇——一六八）是賦家，又是論文家。他的命運是和屈原差不多的，他是洛陽人，年十八，已經能誦詩、書，做文章。初在河南守吳公門下，後來吳公薦他在漢文帝前做博士。這時他只有二十幾歲，做博士的，算誼年紀最小。每逢詔令議下，老先生們措詞不得，他却能滔滔不絕的對答。文帝很喜歡他，遷爲太中大夫。但是高才的人每每要遭物忌，他苦心孤詣地想出建國的方略，一般坐食之徒（如周勃、灌嬰），反

要說他擅權紛事。於是，文帝就把他貶到遠遠的長沙。他走到洞庭湖，想起屈原死在此地，他自己的命竟和屈原一樣。於是激動了情感，做了一篇弔屈原賦，其實就是弔他自己呢！他在長沙做了三年長沙王太傅，有鵩鳥飛到他的座前來，鵩是不祥的鳥，他想起自己處在卑濕的長沙，大約壽命不能長久，又作了一篇鵩鳥賦來寬慰他自己。一年後，文帝悔，思念賈誼不已，詔歸，拜為梁懷王太傅。懷王是文帝少子，愛讀書，所以要賈誼好好的教他。治安策即在此時作。後懷王墮馬死。誼自傷為傅無狀，不久也奄奄死了！死時年僅三十二歲。

參考：

（一）賈誼列傳（漢書精華，中華書局）

（二）文選（可選讀賈誼作：鵩鳥賦（卷十三），弔屈原文（卷六十）。）

（三）賈長沙集（漢魏六朝百三家集，掃葉山房石印。）

五　司馬相如與揚雄

司馬相如（前一七九——一一七）字長卿，蜀郡成都人。他的浪漫史很有趣味，後來許多文人都拿來作最好的題材。一個女英雄卓文君在風塵中認識了司馬相如，因了他的琴聲，便趁着夜月，投奔他，與他偕逃。後來又和司馬相如同甘苦，雖是家徒四壁，也無怨色。又回到臨邛賣酒，相如滌器，文君當壚。終於老丈人受不了恥辱，分給文君僮百人，錢百萬，司馬相如就此富了起來。其實，富又算得什麼，可貴的是相如的錦繡文章，尤可貴的是文君的識見。紅拂之識李靖，不過是唐人杜光庭弄筆頭子；要是卓文君，纔算眞的巾幗鬚眉呢。

像司馬相如這樣豐富的生活，總應該有些生命表現的作品罷？誰知他的賦竟很少表現個性，專愛堆砌詞藻，子虛賦幾乎是一部辭典，紀山水鳥獸等甚繁，夾雜着許多希奇古怪的字。班固、張衡、左思等受了他的影響不少。子虛賦是像這樣開端的：

楚使子虛使於齊王，悉發車騎與使者出畋。畋罷，子虛過詫烏有先生；亡是公存焉。坐定，烏有先生問曰：『今日畋樂乎？』子虛曰：『樂。』『獲多乎？』曰，『少。』『然則何樂？』對曰：『僕樂齊王之欲誇僕以車騎之衆，而僕對以雲夢之事也。』曰：『可得聞乎？』子虛曰：『可。王車駕千乘，選徒萬騎，畋於海濱。……顧謂僕曰，「楚亦有平原廣澤，遊獵之地，饒樂若此者乎？」僕下車對曰，「臣楚國之鄙人也，幸得宿衛十有餘年，時從出遊，遊於後園，覽於有無，然猶未能徧覩也，又焉足以言其外澤乎？」齊王曰，「雖然，略以子之所聞見而言之。」僕對曰，「唯唯。臣聞——」』

此下便說雲夢的富藏，以及楚王遊獵事。最後的結論是：『臣竊觀之，齊殆不如。』後來烏有先生責備他，說他不應專誇富麗，應該說點楚王的德政，當眞說來，齊可以『呑若雲夢者八九於其胸中，曾不蔕芥』呢。子虛賦完後，緊接着便是上林賦，亡是公說子虛、烏有都不對，他們都『欲以奢侈相勝，荒淫相越。』照此說來，亡是公應該不誇張了，誰知他也「未能免俗」，所以他說：『齊、楚之事，又烏足道乎？君未覩乎巨麗也，獨不聞天子之上林乎？』於是亡是公又將上林誇了一頓，自然又是一部辭典。除去子虛、上林姊妹篇外，如大人賦、哀秦二世賦、喻巴蜀檄、難蜀父老都不見得好。最動人的要算是長門賦，次則美人賦。美人賦有人說是僞作。長門賦可惜又是替陳皇后作的。這篇寫陳皇后離宮自愁，極能設身處地，代人著想。起初講到『雷殷殷而響起兮，聲象君之車音。』差不多一一都足以引起她的幻想。後來思念到涕淚縱橫，『忽寢寐而夢想兮，魄若君之在旁。惕寤覺而無見兮，魂迋迋（音俇，恐懼貌）若有亡。衆雞鳴而愁予兮，起視月之精光，』這是如何的凄淸孤獨呵！

揚雄（前五三——後一八）在文學史上實不能佔一位置，他的作品大都是摹仿的。不過因爲他是司馬相如的同鄉，所以人家往往稱之爲揚馬。揚雄賦學司馬相如，（如羽獵、長揚、河東、甘泉四賦）太玄學易，法言學論語。他的一篇酒箴，短而有寓意，倒是一篇很好的寓言。大意是說汲水瓶太直，要被井磚碰碎；不如滑溜溜的酒袋，可以長命，勸汲水瓶也圓滑一點。處世之難，於此可見。幾時人對人纔能赤裸裸的相見呢？他的解嘲是仿東方朔答客難的。（唐韓愈的進學解也是摹仿答客難的，卽柳宗元的愚溪詩序也有點摹仿的痕跡。）揚雄反離騷是積極思想，但與酒箴又自相矛盾。

司馬相如之所以成名，其實也虧了多情的漢武帝的提拔。劉徹所作秋風辭、落葉哀蟬曲都很眞實。於是司馬相如、東方朔、枚乘等都環拱着他了。劉徹有一段戀愛故事，見漢書：李夫人早卒，武帝思念不已。方士齊人少翁，言能致其神，乃夜張燈燭，設帷帳，陳酒肉，而令帝居帷帳，遙望見好女如李夫人之貌，還幄坐而步，又不能就視，帝愈益相思悲感，爲作詩：『是邪非邪，立而望之偏，何姍姍其來遲？』這眞是一首很好的小詩呢。

參考：

（一）馬相如列傳（史記菁華　）

（二）揚雄列傳（漢書精華（二））

（三）文選〔可讀司馬相如著作：子虛（卷七），上林（卷八），長門（卷十六），喻巴蜀檄、難蜀父老（卷四十四）。〕

（四）司馬文園集（漢魏六朝百三家集）

六　漢代的詩

漢代的文學辭賦最見特長。但漢代又是詩體變遷的樞紐，所以於論賈誼揚馬之後，再來略談一談詩歌。古詩大都四言。完整的五言、七言詩是從漢朝起方纔有的。檢閱漢魏六朝百三名家集，漢代的五言詩有班固的詠史和竹扇詩、張衡的同聲歌、蔡邕的飲馬長城窟行等等。據梁任昉的文章緣起（收入文學津梁，有正書局出版）說，五言始於蘇李。但據徐陵玉台新詠所說，則古詩十九首中有八首是枚乘作的，而枚乘又早於蘇李，所作也是五言。又，虞姬所作：『漢軍已略地，四面楚歌聲。大王意氣盡，賤妾何聊生？』也是五言。這樣說來，虞姬又早於枚乘了。但蘇、李所作，實乃僞託；枚乘作五言，僅據徐陵片面之辭；虞姬的詩是在史記補註上的，並不是項羽本紀中的本文。所以五言詩起於西漢之說，不甚可信。似以斷爲起於東漢爲是。七言始於武帝柏梁詩，也不可信。大約七言詩的發生也不能比東漢早吧？

我們姑無論蘇武李陵的文學作品是否僞作，卽他們的身世已經是一篇美麗的詩了。蘇武與家人隔絕，留胡十有九載，渴雪飢氈，冰地牧羊，似此情景，怎能不激動他的心絃，引起他的鄉關之思？李陵的一生則更可歌可泣了。武帝拜他爲騎都尉，守酒泉、張掖以備胡。後陵自請以五千人擊匈奴。他到浚稽山，始與單于相值，敵人有三萬，圍了李陵的兵。第一二次李陵兵以弓弩勝，但終於因了寡不敵衆漸漸向南方退走。第三次又勝。第四次虜在葭葦閒縱火，陵亦縱火自救，使不延及，步鬥林間，又勝。每次都殺死匈奴數千人。到了第五次，敵人重重將李陵圍住，且有管敢降敵作爲內線，終於敗了！敗時仍斬車輻，持尺刀以戰。直到力竭箭盡，方纔投降。其實他是詐降。得着機會，仍想回漢効力的。誰知武帝不諒，竟殺死他的親人。他的一腔怨憤，盡發洩於一篇慷慨激昂的答蘇武書裏了。又有與蘇武詩，纏緜悱惻，將不忍別離的心緒都表現出來，可見他與蘇武友誼之深。

梁鴻五噫與張衡四愁是創格的詩。後來張協擬四愁，已是痴人，文選選了進去，便更痴了。魯迅野草之四我的失戀有意擬作，以爲譏諷，最爲痛快。此後蔡邕、蔡琰父女亦以詩名。但文姬的作品很眞摯，父親不及其萬一。她的悲憤詩寫在胡別子歸漢的情況，眞要令人酸鼻呵！

漢代樂府詩，因了時代的關係，大多古樸渾厚、生拗難讀。但也有通暢平達的，像陌上桑歌，艷歌行等，就都與唐詩相近。

參考：

（一）李陵蘇武傳（漢書精華）

（二）文選【選讀答蘇武書（卷四十二）與蘇武詩（卷二十九）。】

（三）對於五言詩發生時期的疑問　汗馥泉譯，中國文學論集，神州國光社。）

（四）古詩十九首研究（賀揚靈，大光書局。）

（五）漢代樂府箋註（曲瀅生）

七　曹氏父子與建安七子

三國文學，吳、蜀均無光燄，只有抱膝長嘯的諸葛亮替蜀爭了一口氣，他以前出師表得名。論文學之正統，無論如何是應該歸魏的。魏代雖然年限很短，却出了幾個偉大的詩人。如那橫槊賦詩的曹操、風流閑雅的曹丕、七步成章的曹植，他們父子都顯出各個的個性來。有人說：曹操的詩雄壯，有如驍將；曹丕的詩婉約，有如美媛；曹植的詩哀而不傷，有如貴賓。我以爲：倘拿音樂來比，則操是低音，丕是高音，植是中音；倘拿繪畫來比，則操是深赤，丕是鵝黃，植是淺灰。

曹操（一五五——二二〇）的詩如苦寒行、碣石篇等，其雄心壯志，直可崩石驚雷。像『熊羆對我蹲，虎豹夾路啼，』『烈士暮年，壯心不已，』這一類的句子，非曹操不能道；使我們彷彿看見月明之下，詠那『對酒當歌，人生幾何！』詩人的情況。

曹丕（一八七——二二六）的詩以雜詩爲佳，今錄其一，以見其曼妙的詩風：『漫漫秋夜長，烈烈北風涼。展轉不能寐，披衣起彷徨。彷徨忽已久，白露沾我裳。俯視清水波，仰看明月光。天漢迴西流，三五正縱橫。草虫鳴何悲！孤雁獨南翔。鬱鬱多悲思，緜緜思故鄉！願飛安得翼，欲濟河無梁。向風長嘆息，斷絕我中腸。』

曹植（一九二——二三二）是曹氏父子中最使我們欽慕的一個。曹植字子建，賦性聰敏，十歲作銅雀台賦，卽已可觀。他父親很歡喜他，本想立他爲嗣；無如他自己生性浪漫，飲酒不節，又『乘車行馳道中，開司馬門出，』最要的原因，他哥哥丕又忌妒他，於是，曹操便不歡喜他了。丕旣卽位，待植益加苛刻，殺了他的好友丁儀、丁廙。無論子建怎樣想求自試，丕終不重用，甚至不要他在身邊，將他封在遙遠的地方；名爲封地，實際就是遣戍。黃初三年立植爲鄄城王，四年徙封雍丘，兩年就徙封了兩處，不讓他專在一處好好的發展，使他『汲汲無歡』。他覺得東飄西蕩，生活異常不安定，使作吁嗟篇自比爲轉蓬，又作浮萍篇自比爲萍草。他雖爲哥哥所棄，依舊不怨哥哥，依舊想念着哥哥；他的境遇，同屈原實在是很相像的。浮萍篇云，『新人雖可愛，無若故所歡。行雲有反期，君恩倘中還！』種葛篇云：『與君初婚時，結髮恩義深，………行年將晚暮，佳人懷異心，恩紀曠不接。我情遂抑沈。出門當何顧？徘徊顧北林。下有交頸獸，仰見雙棲禽。攀枝常嘆息，淚不沾羅襟。』贈白馬王彪云：『顧瞻戀城闕，引領情內傷。』七夜云：『君懷長不開，賤妾當何依！』失題云：『棄我交頸歡，離別各異方。不惜萬里道，但恐天網張。』其依戀之情，讀上引數詩，灼然若見。曹丕何心，竟如此之殘忍呵！

曹丕的詩好的很少，但他却有一番功績，便在他提攜建安七子這一點上。他曾做了一篇典論論文論到這七個文學家的作品，並且時常宴會，請他們即席作賦或是吟詩。現在我們一提到魏代文學，每不免這樣說：『魏代的文學者，除了曹氏父子，還有建安七子。』建安七子所以能像『閃爍的羣星，圍繞着曹家的明月，』恐怕曹丕的評論，要生一大半的効力。因爲論其實建安七子所作的大都是「宮廷文學」，留傳至今又不多，且也很少好的呢。

漢魏六朝百三名家集中建安七子，除著中論的徐幹外，如孔融、陳琳、王粲、阮瑀、應瑒、劉楨的作品都收羅在內。其中一個最明顯的特點，便是他們所作的賦題大都相同。（孔融在外，因此有人以曹植配其餘六子。）他們的賦都是應丕、植之召而作的，沒有一點性靈，簡直不能算作文學，與唐代的奉和聖製並無二樣。今表列於後。以見當時文風之類：

曹丕	曹植	陳琳	王粲	阮瑀	劉楨	應瑒
	東征賦	武軍賦	初征紀	紀征賦		征賦
		止欲賦		止欲賦		正情賦
		神女賦	神女賦			

	大暑賦	大暑賦	大暑賦		大暑賦	
瑪瑙勒賦		瑪瑙勒賦	瑪瑙勒賦			
迷迭香賦	迷迭香賦	迷迭賦	迷迭賦			迷迭賦
柳賦		柳賦	柳賦			楊柳賦
	鸚鵡賦	鸚鵡賦	鸚鵡賦	鸚鵡賦		鸚鵡賦
	車渠碗賦		車渠碗賦			車渠碗賦

從上表看來，陳琳、王粲應召的賦最多，而劉楨的最少，再詠物的賦占一大半：從這兩點看起來，可知劉楨的性格最高傲，不願作那種沒有「煙士披里純」的賦。又可知當時每逢屬國或屬地獻寶物入貢，必命文學士作賦。像這樣的賦，都是勉強作出來的；雖藝術的描寫偶有可讀處，終不是我們所嘆賞的，就是他們自己，也終不能因這些賦出名，他們仍是有代表自己個性的作品。以上略述他們應召的賦，以下便分述孔融和劉

楨。

孔融（一五三——二〇八）字文舉，魯國人，孔子二十世孫。他十歲時，拜謁河南尹李膺，自稱與之爲通家子弟，蓋以老子與孔子爲互相師友之故。從這件事可知他是一個很滑稽的人，從幼時已露出他的天才。所以他喜歡作離合姓名字詩隱射「孔融文舉」等字。無怪乎曹丕評他『不能持論，理不勝辭 以至乎雜以嘲戲』呢。他又愛飲酒。所以他嘗說：『坐上客常滿，樽中酒不空，吾無憂矣。』又有詩：『歸家酒債多，問客餐幾行？高談滿四座，一日傾千觴。』他的與曹操論酒禁書中說：『酈生以高陽酒徒，著功於漢；屈原不餔醩餟醨，而取困於楚。』他的滑稽，他的愛酒，後世文人，恐只有蘇軾和他有些相近罷？

劉楨（？——二一七）字公幹，東平人。他的詩很清逸，贈從弟三首最有名，其中第二首尤好：『亭亭山上松，瑟瑟谷中風。松枝一何盛，松枝一何勁！冰霜正慘悽，終歲常端正。豈不罹凝寒，松柏有本性。』我尤愛他的瓜賦中有一段云：『……藍皮密理，素肌丹瓤，乃命圃師，貢其最良。投諸淸流，一浮一藏。析以金刀，三剖四離。承之以雕盤　幕之以錦絺。甘逾蜜房，冷亞冰圭。』其詩於白描中見長，可說是與陶潛、王維同派的。

餘若登樓思鄉的王粲，詩風柔美的徐幹，善作章表的陳琳，早年夭折的阮瑀，飄泊無依的應瑒，以其作品較次，便都不加細述了。

參考：

（一）曹子建詩硏究（陳一百，商務國學小叢書本）

（二）漢魏六朝百三名家集（張溥，掃葉山房石印本。）

八　晉代文學——張陸潘左

晉代人好淸談，學老莊，文人自然亦非例外。所以晉代文人，除去英雄般的劉琨而外，差不多沒有一個不是以消極態度處世的。像阮籍、嵇康那樣顯明的隱逸之士，與山濤、向秀、劉伶、阮咸、王戎並號竹林七賢，固不必說。就是張華、陸機、潘岳、左思又何嘗不是看破世俗的人呢？張華的鷦鷯賦大意是說做鳥雀要做小小的鷦鷯，可以逍遙度日；倘若做了美禽，必被捕捉，送掉性命，這種思想，與世無爭的思想，不是老莊的思想麼？陸機的嘆逝賦說到『感秋華於衰木，瘁零露於豐草，』又在這篇序上說，『余年方四十，而懿親戚屬，亡多存寡，』這不知莊子嘆骷髏一樣的麼？潘岳的賦是以誄文著名的，不用說，又是一個哀傷者！左思呢？他在詠史裏老早告訴我們了：『馮公（指馮唐，漢人）豈不偉？白首不見招，』做官還有什麼趣味，還是歸隱的好，於是『連壐曜前庭，比之猶浮雲，』也落在消極的思海裏。陶淵明是個有名的隱士，郭璞也要做做遊仙詩。所以我說晉代文人有消極思想的人很多，幾幾乎沒有例外。

魯迅以爲晉人愛服藥如五石散之類，服後發熱，後又發冷，所以衣服寬大，性情暴躁。他又比較阮籍和嵇康，以爲阮籍善藏，嵇康太露，表列如下：

阮籍	嵇康
口不臧否人物	不改常態
終其天年（酒）	喪於司馬之手（藥）
司馬求結親，醉二月	「與山巨源絕交書」
詩隱，不及倫理	愛發議論「非湯武而薄周公」

以上所說張、陸、潘、左是太康八詩人中的佼佼者。其餘還有與張華同姓的張載、張協弟兄，陸機的弟弟陸雲，潘岳的從子潘尼，共稱爲「二陸三張，兩潘一左。」也有以張亢代張華而稱爲三張的，因爲張亢與張載張協是一家人。但我們因爲張華較爲著名，所以還是把張華算在「三張」裏面了。

張華（二三二——三〇〇）字茂先，范陽方城人，所作除鷦鷯賦外，情詩亦有名。其中有一節云：『遊目四野外，逍遙獨延佇。蘭蕙緣淸渠，繁華蔭綠渚；佳人不在茲，取此欲誰與？巢居知風寒，穴處識陰雨。不曾遠別離，安知慕儔侶？』他的詩是『多兒女之情，少風雲之氣』的。

陸機（二六一——三〇三）字士衡，吳郡人。他赴洛求官，本非心願。故他的赴洛道中作說：『悤轡登長路，嗚咽辭密親。借問子何之，世網嬰我身。』入洛見張華，華大喜，一見如舊相識，且嘗稱陸機之才道：『人爲文患才少，機獨患才多。』樂府以苦寒行、從軍行寫遣戍之苦爲最好。他的文賦尤有識見。中有一節論到文學的「感興」，竭力反對無病呻吟之作：『應感之會，通塞之紀。來不可遏，去不可止。藏若景滅，行猶響起。方天機之駿利，夫何紛而不理。思風發於胸臆，言泉流於脣齒。紛威蕤（盛貌）以馺遝（多貌），唯毫素之所擬。文徽徽以溢目，音冷冷而盈耳。及其六根底滯，志往神留。兀若枯木，豁若涸流。攬營魂以探賾（深也），頓精爽於自求。理翳翳而愈伏，思乙乙（音軋軋，難出貌。）其若抽。是以或竭情而多悔，或率意而寡尤。雖茲物之我，非余力之所勠。（音流）。故時撫空懷而自惋，吾未識夫開塞之所由。』

潘岳（二四〇？——三〇〇？）字安仁，滎陽中牟人。他是一個美男子，每挾彈出洛陽道，婦人遇見他，都紛紛投之以果，他就滿車載歸；張載甚醜，每出小兒以瓦石擲之，狼狽而返，與潘岳恰成反比。潘岳的哀誄作得最動人。又有安石榴賦一篇是我個人所愛讀的，未列入文選。（在潘黃門集中）鍾嶸詩評說：『陸才如海，潘才如江。』比喻甚切。陸機的作品很深，故似海；而潘岳則『爛若舒錦』，故似秋江垂練也。

左思（二五〇？——三〇五？）字太沖，齊國臨淄人，貌醜口吃，不好交遊，惟以閑居爲事。做三都賦曾搆思十年，門庭藩溷，都放紙筆，遇着一句佳句，立即寫了下來，以免遺忘。那時陸機想作此賦，聽說左思也要作，不禁撫掌大笑，給弟弟雲一信說：『此間有傖父欲作三都賦，須其成當以覆酒甕耳。』後來思賦成，機方嘆伏，以爲不能做得比他再好，自己也就藏拙不做了。不但陸機佩服此賦，簡直家傳戶誦，洛陽因之紙貴。其實這種賦既不是植物學，又不是動物學，徒事堆砌，令人讀不三行，就要昏昏入睡。大約當時沒有辭典一類的東西，所以三都賦才這樣的爲人看重罷？他的作品，除去招隱稍好外，簡直沒有一篇可讀的。

今謹在此節之末，引文心雕龍的才略篇以作結論：『張華短章，弈弈清揚，其鷦鷯寓意，卽韓非之說難也；左思奇才，業深覃思，盡銳於三都，拔萃於詠史，無遺力矣；潘岳敏捷，辭自和暢，鍾美於西征，賈餘於哀誄，非自外也；陸機才欲窺深，辭務索廣，故思能入巧而不制繁。』

參考：

(一)太康文學(謝無量中國大文學史，卷四第十三章，中華。本節後半，多所取資。)

(二)文選〔可選讀張華鷦鷯賦(卷十三)，情詩(卷二十九)；陸機嘆逝賦(卷十六)赴洛陽道中作(卷二十六)，樂府(卷二十八)，文賦(卷十七)；潘岳悼亡詩(卷二十三)；左思招隱(卷三十二)。〕

(三)魏晉風度及文章與藥及酒之關係(魯迅，而已集，北新書局。)

九　晉代文學二——陶潛

陶潛（三六五——四二七）是晉代唯一的文學家，也是我所欽慕的文學家之一。在許多同時代堆砌辭句的文人中，竟有一個這樣天眞自然的大詩家，眞是晉代文學的榮光。他的號是淵明，潯陽柴桑人。運甓的陶侃就是他的曾祖。他的家很窮，但不願因窮屈節。初爲州祭酒，因爲過不慣，就囘來了。後又爲鎭軍建威參軍，不久卽爲彭澤令，只做了八十幾天的官就棄官不做了。他爲什麼棄官呢？蕭統說是因爲『郡遣督郵至縣。吏請曰，「應束帶見之。」淵明嘆曰，「我豈能爲五斗米，折腰向鄉里小兒。」卽日解綬去。』據淵明自說，則是因爲『程氏妹喪於武昌，情在駿奔，自免去職。』（歸去來辭序）這兩說都可信。他實是一個愈窮愈硬的漢子，這在他自作的詠貧士中卽可見，所以爲督郵解綬可信。但他又是一個慈祥和藹的老人，看他祭程氏妹文亦可知道，所以爲程妹去職也可信。大約這兩種原因都有一點，從此我們可知他是如何的孤高，如何的和藹。他每逢飲酒至將醉時，常對客說：『我醉欲眠卿可去。』爲了酒，甯肯把頭上的葛巾除下來漉酒，漉過了又戴在頭上。惠遠和尙要他加入白蓮社，他不願意；謝靈運自請加入，惠遠又不要，眞有趣得很！但惠遠與淵明的交情仍是很好的，他送客從未經過虎溪，有一次送陶淵明和陸修靜竟過虎溪數百步，虎驟然叫了起來，他們大笑三聲而別。他的詩很「冲淡」，寫詩不着力，却極難能。所以葛常之的韻語陽秋上說：『陶詩平淡有思致，今之人多作拙易詩，而自以爲平淡，識者未嘗不絕倒也。』可是看看雖不費力，沒有詩人的修養，實不易做。他最好的詩句，據滄浪詩話的作者嚴羽說，是飲酒之五的『採菊東籬下，悠然見南山。』

這個北窗高臥的「隱逸詩人」（依鍾嶸說），最喜飲酒，詩中涉及飲酒，趣語便來了。他只是「幽默」，並不是「滑稽」，使人能感到微笑，得着一種清涼的快感。例如：和劉柴桑說：『谷風轉凄薄，春醪解飢劬。弱女雖非男，慰情良勝無。』又止酒：『平生不止酒，止酒情無喜。暮止不安寢，晨止不能起。』又，擬挽歌辭（實是自挽）：『嬌兒索父啼，良友撫我哭。……但恨在世時，飲酒不得足。』臨死尙念到飲酒，連嬌兒良友都可不顧，眞是妙極！然而，其實他是很可憐的，『性嗜酒，家貧不能常得，』（五柳先生傳）就是他去做官，也是因了『彭澤公田之利，足以為酒。』（歸去來辭序）乞食一篇尤可憐，受人一餐，便欲冥報大恩，我們的詩人竟「一寒至此」呵！

他的責子頗有趣，因甚短，今錄在下面：『白髮被兩鬢，肌膚不復實。雖有五男兒，總不好紙筆：阿舒已二八，懶惰故無匹；阿宣行志學，而不愛文術；雍端年十三，不識六與七；通子垂九齡，但覓梨與栗。天運苟如此，且進杯中物！』

他的詩文創格極多，大都足以反映他的人生。他的形影神頗似哥德的磨坊主和牧羊女兒。他的自祭文與自挽歌也是很新穎的。他的閒情賦則似丁尼生（Tennyson）的磨坊主的女兒（The Miller's Daughter）（梁遇春有譯文載英國詩歌選，北新版）。今錄一節：

願在衣而為領，承華首之餘芳。悲羅襟之宵離，怨秋夜之未央。

願在裳而為帶，束窈窕之纖身。嗟溫涼之異氣，或脫故而服新。

願在髮而爲澤，刷元鬢於頹肩。悲佳人之屢沐，從白水以枯煎。
願在眉而爲黛，隨瞻視以閒揚。悲脂粉之尙鮮，或取毀於華粧。
願在莞而爲席，安弱體於三秋。悲文茵之代御，方經年而見求。
願在絲而爲履，附素足以周旋。悲行止之有節，空委棄於牀前。
願在晝而爲影，常依形而西東。悲高樹之多蔭，慨有時而不同。
願在夜而爲燭，照玉容於兩楹。悲扶桑之舒光，奄滅景而藏明。
願在竹而爲扇，含淒飇於柔握。悲白露之晨零，顧襟袖以緬邈。
願在木而爲桐，作膝上之鳴琴。悲樂極以哀來，終推我而輟音。……

蕭統說：『白璧微瑕，惟在閒情一賦。』東坡曾力辯之。我也與東坡同意，這樣好的一首戀歌，放在賦中，怎樣不叫人欣賞呢。法利賽人眞多，都只知洗淨杯盤的外面的！

他的詩幾乎全部冲淡的，除去詠荊軻一首是例外。有人稱他『能以光風霽月之懷，寫沖淡閒遠之致，』眞是的評。他是田園詩人！他是忘貧的酒翁！他是樂天派的驕子！他的流風所及，自成一派。像唐王維、孟浩然、韋應物、柳宗元，都學他的詩，宋王安石也學他的詩，蘇軾更取陶詩一一和之。這六個人中，韋失之平易，柳失之深刻，安石不以詩鳴；蘇軾火氣未脫。只有王維、孟浩然可以追隨他的遺響。

參考：

（一）陶淵明集（世界書局本。）

（二）陶淵明（梁啓超，附年譜，國學小叢書之一，商務。）

（三）陶淵明傳（昭明太子）

一〇 山水詩的開闢手謝靈運

北朝沒有文學，只有庾信一人足稱，大邢（邵）小魏（收）也不過爾爾。故我專敍南朝——宋、齊、梁、陳——文學的概略，北朝便從略了。

宋以謝靈運顏延之鮑照爲代表，世稱「顏謝鮑」；而這三人中，又以靈運爲冠冕。

謝靈運(三八五？——四三三)陳郡陽夏人，因非毀執政貶爲永嘉太守，後徵爲祕書監。性好邱山，日與從弟惠連等爲山澤之遊。他從始寧南山，伐木開逕，直到臨海，從者數百人。因爲他的貌陋，髮亂鬚多，臨海太守驚駭，以爲不知何方來了山賊；後來知道是靈運，方纔安心。他眞是一個妙人，做永嘉太守時，拋棄民間獄訟不問，遊山做詩去了；徵爲祕書監時，晉書也不修纂，粗立條疏，書未作成，放下筆又出郭遊行去了。

他是個愛遊覽的人，當然遊覽詩是做得極好的。鮑照說謝詩如初發芙蓉，自然可愛，只是拿來和『雕繪滿眼』的顏延之比較，略爲自然一點罷了。其實他的詩是最生澀的，他不像陶淵明般主觀地任熱情之奔放，而是客觀地求詞句的修練。他那一種生拗之氣，使人讀來很費力。時有秀句，却無姿媚，這在南北朝詩人中是很難得的。這是由於他力厚思深之故。因爲他注重詞句的修練，所以時常能從他平淡的句中尋出一二警句。最好的自然是登池上樓夢中思惠連詩所得的「池塘生春草」和過始寧墅的「白雲抱幽石，綠篠媚淸漣。」此外我所歡喜的句子有：「曉霜楓葉丹，夕曛嵐氣陰。」（晚出西射堂）「石橫水分流，林密蹊絕蹤。」（登石門最高頂）「巖下雲方合，花上露猶泫。」又，「企石挹飛泉，攀林摘葉卷。」（從斤竹澗越嶺溪行）句蒸字練，好像一個雕刻家經心而又不經心地雕刻着他的藝術品，在造作中露出自然的風味。無怪乎詩評說他的詩中時有佳句，每如『青松之拔灌木，白玉之映塵沙』了。

我們倘仔細讀他的遊覽詩，便可有一個發見。他每在詩將唱完的時候，要有懷人之思，是想他親愛的從弟惠連罷？是想何長瑜、荀雍、羊璿之這些流浪者罷？無怪乎他在永嘉郡爲乞疾東還，與一般朋友在山水間嘯詠遊傲了。如：「覊雌戀舊侶，迷鳥懷故林。」（晚出西射堂）「索居易永久，離羣難處心。」（登池上樓）「我志誰與亮？賞心惟良知。」（遊前亭）「惜無同懷客，共登青雲梯。」（登石門最高頂）「不惜去人遠，但恨莫與同。」（湖中瞻眺）等等都是。

他的詩大半是靠人工的，但答謝惠連與南樓中望所遲客却是情思纏綿，流暢易讀，一點也不沈鬱。答謝惠連云：『懷人行千里，我勞盈十旬。別時花灼灼，別後葉蓁蓁。』南樓中望所遲客云：『杳杳日西頹，漫漫長路迫。登樓爲誰思？臨江遲來客。與我別所期，期在三五夕。圓景早已滿，佳人猶未適。即事怨睽攜（攜，離也），感物方悽戚。孟夏非長夜，晦明如歲隔！瑤華未堪折，蘭茗已屢摘。路阻莫贈問，云何慰離析。搔首問行人，引領冀良覿。』

顏延之（三八四——四五六）和謝靈運一樣，也是被譏而貶到永嘉去做太守的，但詩却不及大謝多了。

鮑照（四二一？——四六四？）所爲詩，於蒼勁中帶有麗骨，已開齊梁綺麗之風，他那代朗月行、代北風涼行、代夜坐吟等都極豔麗。今錄代夜坐吟：『冬夜沈沈夜坐吟，含聲未發已知心。霜入幕，風度林，朱燈滅，朱顏尋。體君歌，逐君音；不貴歌，貴意深。』侯軒民以爲他最善寫霧。寫霧的句子有『喧霧逐風收』、『濛昧江上霧』、『騰沙鬱黃霧』、『江寒霧未歇』、『長霧匝高林』、『暖暖寒野霧』、『樹迴霧縈集』等等。此外謝惠運詩亦有名。謝莊則以月賦名，所寫係託陳思王念應瑒、劉楨逝世，對月作賦事，文很綺麗可誦。自從明遠以後，直到隋朝，文學界都走向華豔一途。本來江南佳麗之地，食物饒足，得以樂其所生，又是金陵帝王之都，踵事增華，當然聽鶯載酒之徒，一天多似一天，早沒有苦寒之思，飲馬之意。況且這個時期正在佛教勢力之下，當然一般文人對於國事便漠然無所關心，專去靜心聽禪了。

參考：

（一）全漢三國晉南北朝詩（丁福保編，此書卷帙甚繁，如無能力，可不購備，上海醫學書局。）

（二）文選（選讀卷二十二謝靈運的遊覽詩。）

二　永明體——沈約與謝朓

詩到了齊，漸漸要走向律詩這條路去，換一句話說，漸漸的詩律緊嚴起來，束縛起來。永明年間，沈約、謝朓、王融、周顒等都善音律，以平上去入制韻，不再像古詩般的混用，世稱爲「永明體」。

沈約（四四一——五一三）字休文，吳興武康人。幼孤貧，篤志好學，晝夜不倦，他的母親恐怕他積勞成病，時常暗暗的減油，不讓他知道。他像這樣晝夜誦讀，竟創出四聲譜來。這是詩壇的一大變化，四聲的勢力從此竟一直統治了幾千年，直到淸末。他還創有八病說，已失傳，宋魏慶之詩人玉屑第十一卷曾舉例說明。但據近人劉大白先生的考證，該段實多錯誤，第三、四、七、八這四條都是不對的，所說甚爲合理。今修正魏氏前四病於後：

（一）平頭　第一、二字不得與第六、七字同聲。

（二）上尾　第五字不得與第十字同聲。

（三）蜂腰　第三字不得與第八字同聲。（原爲第二字不得與第五字同聲，倘照原說，「平平仄仄平」之句卽無法避免。）

（四）鶴膝　第四字不得與第九字同聲。（原爲第二字不得與第十五字同聲。）

以上四條是關於平仄方面的。總說一句就是平應對仄，仄應對平，沈約在宋書謝靈運傳論中所說『兩句之中，輕重悉異』可爲鐵證。如此改來，第三字與第八字恰在腰上，第四字與第九字恰在膝上，與原名吻合。我們看，後面的圖不是整齊而便於記憶的麽？我們倘用原來的說明繪圖，便繪不出來了。律絕之錯雜用平仄，卽起於此，雖然完美的「律聲」（Rhythm）到唐初纔有。

1	2	3	4	5
平	頭	蜂腰	鶴膝	上尾
6	7	8	9	10

至於後四病却極無道理。後人遵依也極少。後四病是：

（五）大韻　前九字不得與第十字同韻，惟第五字有時是例外。

（六）小韻　除末一字外，九字中不得有兩字同韻。

（七）正紐　十字中不得有正紐雙聲字。（原爲不得有疊韻字。）

（八）旁紐　十字中不得有旁紐雙聲字。（原爲不得有雙聲字。）

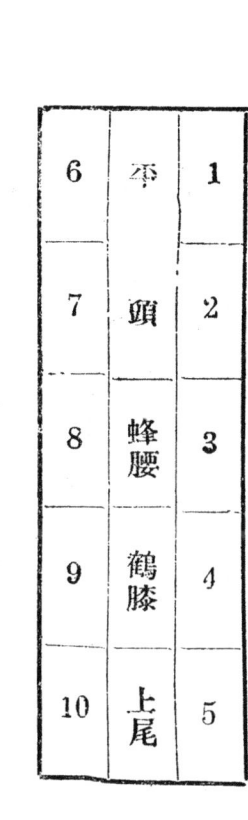

這樣更改也是很對的。因爲第一、五六說疊韻，七八說雙聲，各有二條，甚爲齊整；至原來的說明，則疊韻有三條，雙聲只有一條了。第二、倘照原說，則第七條卽第五、六條，何必多此一條？第三、沈約自己在謝靈運傳論中曾說及『一簡之中，音韻悉殊，』卽指此。第四、魏慶之似乎根本就不明白雙聲有正紐、旁紐。旁紐就是準雙聲。（同屬淺喉音、舌頭音等。）例如『君子好逑，』君是見紐，逑是羣紐，同屬淺喉音，遣君、逑二字就可稱爲旁紐。沈約雖創八病之說，自己的作品都不能完全遵守。隨便舉例『野棠開未落，山櫻發欲燃』（早發定山）這兩句名句已犯平頭、鶴膝之病。『天嬌乘降仙，𧉮衣方陸離』（和竟陵王）竟前四病全犯。前四病僅上尾犯得最少，餘均常犯，犯後四病也不少，卽如古意『徒倚愛容光，』徒倚都是上聲四紙之類是。詩在音節上的好處，大半靠着雙聲疊韻；如今沈約要想詩中不用牠們，眞覺拘泥而不討好也。

沈約的詩不及鮑、謝。所作樂府臨高台、夜夜曲倘有情致。他有一首詠青苔云：

『緣階已漠漠，汎水復綿綿；微根如欲斷，輕絲似更聯。長風隱細草，深堂沒綺錢。縈鬱無人贈，葳蕤徒可憐。』第三四句相對，第五六句相對，隱隱的近於唐律了。他曾題八詠詩於金華玄暢樓，時號絕唱，後人因更名爲八詠樓，至今猶在。我最喜歡夕行聞夜鶴，以爲頗似安徒生無畫的畫帖中第二十八夜寂寞的天鵝。他的六憶詩婉轉有情致，與梁武帝的江南弄共被推爲詞曲之祖。其中有一首云：『憶眠時，人眠強未眠。解羅不須勸，就枕更須牽。復恐旁人見，嬌羞在燭前。』他與謝朓、王融、任昉、范雲、蕭琛、蕭衍、陸倕共號竟陵八友，都在竟陵王蕭子良門下。

謝朓（四六四？——四九九？）陳郡陽夏人，是李白最佩服的一個詩人。王漁洋稱李白，『白紵青衫魂魄在，一生低首謝宣城。』實非虛語。李白從未稱讚過誰，惟於謝朓，屢傾追慕。所以他說：『解道「澄江靜如練」，令人長憶謝玄暉。』又說：『蓬萊文章建安骨，中間小謝又清發。共懷逸興壯思飛，欲上青天覽明月。』又說：『明發新林浦，空吟謝朓詩。』又說：『誰念北樓上，臨風懷謝公。』他之佩服謝朓，並非僅僅佩服，就是他的詩句，亦有相似處。如『黃河之水天上來』就有些像謝朓的『飛雪天山來。』（答王世子）其實他的詩並不見得十分好，李白之所以佩服他，或者因爲他晚年住在宣城的原故罷？除李白外，蕭衍、沈約也佩服他。蕭衍說，『三日不讀，卽覺口臭。』沈約說：『二百年來無此作也。』他們同是竟陵八友中人，這又顯然是在標榜了。

他的詩意銳才弱，起初很有氣勢，結末便無力量。所以他的起句每有千鈞之力。如：『玆山亘百里，合沓與雲齊。』（遊敬亭山）『大江流日夜，客心悲未央。』（暫使下都）『餘雪映青山，寒霧開白日』（高齋視事）都只是起句好。全篇都好的，據我個人的嗜好，是玉階怨、懷故人、遊東田、冬日晚郡事隙、與江水曹至干濱戲、秋夜這六首。玉階怨云：『夕殿下珠簾，流螢飛復息。長夜縫羅衣，思君此何極！』這是如何美麗的詩句呵！又，他的遊敬亭山中四句：

仄仄平平仄　平平仄仄平　平平平仄仄　仄仄仄平平

獨鶴方朝唳，饑鼯此夜啼。渫雲已漫漫，夕雨亦淒淒。

除去第三句略有出入，不是一首極合詩律的五絕麼？本來一三是可以不論的，這篇直可說是完全的五絕了。唐朝的律絕，已在永明年代略開端緒了。

參考：

（一）謝宣城集（謝朓，商務四部叢刊本。）

（二）古詩評註讀本（王文濡編，可選讀沈約、謝朓詩，文明書局。）

（三）八病正誤（劉大白，舊詩新話面一四一——一四五，本節前半多所取資。）

二二　蕭氏父子與何遜劉勰

梁代文學值得稱述的，詩以何遜、三蕭爲著，批評以劉勰爲著。餘若作恨賦、別賦的江淹，——他有夢筆生花故事，甚有詩意——與何遜並稱何劉的劉孝綽，作詩品的鍾嶸，編文選的蕭統，亦俱有名。

三蕭就是武帝衍，和他的兒子簡文帝綱，元帝繹。他們都愛作樂府，又都作得極其美麗，所以他們與曹氏父子是不同的。他們只有一種曼妙的風格，別無其他。

蕭衍（四六四——五四九）的子夜四時歌中頗多佳句，今摘錄數節如下：

蘭葉始滿地，梅花巳落枝；持此可憐意，摘以寄心知。——春歌之二

閨中花如繡，簾上露如珠，欲知有所思，停織復踟躕。——夏歌之二

別時鳥啼戶，今晨雪滿墀；過此君不返，但恐綠鬢衰。——冬歌之二

一年漏將盡，萬里人未歸。君志固有在，妾軀乃無依。——冬歌之四

大約近世的通行小調四季相思一類的東西就是從此濫觴的吧？人都稱讚河中之水歌，我却覺得此詩富貴氣太重。莫愁所重，果眞是「珊瑚掛鏡爛生光，平頭奴子提履箱」麼？以莫愁那樣的想像人物，那樣的一個採桑女，大約不會不知道除了富貴以外還有無價的「愛情」罷？他的有所思、子夜歌却很好。

蕭綱（五〇三——五五一）詩甚清麗，時稱宮體。惟臨高台尙有周詩之風，折楊柳中的『葉密鳥飛礙，風輕花落遲』是他的名句，此外采萸女、採蓮曲也還好。

蕭繹（五〇八——五五四）則佳作甚多，如隴頭水、關山月、折楊柳都是自然眞切的詩，採蓮賦與蕩婦秋思賦亦有情致。

劉勰的文心雕龍是第一部文學批評書，在他以前作文學論文的，自然要算是曹丕的典論論文，但那只是片段，系統的著作是始於劉勰的。他反對雕琢、虛僞和因襲，提倡自然、眞情和創造。周作人說：「眞的文藝批評，本身便應是一篇文藝，」（談龍集面一）這句話很可以拿來移贈於劉勰，他的文心雕龍五十篇，沒有一篇不是字字珠璣，令人不期然而的想起英國培脫（Walter Pa'er）的文藝復興（The Renaissance）來！

何遜（四七五？——五三五）字仲言，東海郯人。沈約和范雲都很稱讚他。沈約說：『讀卿詩一日三復猶不能已。』范雲說：『頃觀文人，質則過儒，麗則傷俗，其能含清濁，中今古，見之何生矣。』我讀他的詩，覺得他最長於寫離情別緒。和蕭諮議岑離閨怨云：『窗中度落葉，簾外隔飛螢。』又夜夢故人：『開簾覺水動，映竹見牀空。』均見文思。餘如酬范記室雲、寄江州褚諮議、贈諸舊遊、贈韋記室黯別等詩都能將送別心境寫出，妙在每首各就一方面寫，極少複筆。倘我們統計他的詩，送別詩恐將超過半數。

現且舉這位詠別詩人最好的送韋司馬別（這自然只是我以爲最好）爲例：

送別臨曲渚，征人慕前侶。離言雖欲繁，離思終無緒。憫憫分手畢，蕭蕭行帆舉。舉帆越中流，望別上高樓。子起南枝怨，予結北風愁。邐邐山蔽日，洶洶浪隱舟。隱舟邈已遠，徘徊落日晚，歸衢並駕奔，別館空筵卷。想子斂眉去，知予銜淚返。銜淚心依依，薄暮行人稀。曖曖入塘港，蓬門已掩扉。簾中看月影，竹裏見螢飛。螢飛飛不息，獨愁空轉側。北窗倒長簟，南鄰夜聞織。棄置勿復陳，重陳長嘆息。

此詩凡百五十字，三十句，每六句一換韻，每換韻之首，必接前首最後二字，格律嚴整，且將別離的情緒，異常出力的寫了出來。

參考：

（一）全漢三國晉南北朝詩（丁福保輯，選看全梁詩卷一至卷三）

(二)古詩選(王漁洋選，可看卷十何遜的詩，四部備要本，中華。)
(三)文心雕龍(劉勰，通行石印本。)
(四)文學批評家劉彥和評傳，(梁繩禕，中國文學研究，商務。)
(五)文心雕龍的研究(楊鴻烈，中國文學雜論，亞東。)
(六)江文通集(梁江淹，四部叢刊。)

一三 徐庾

煙籠寒水月籠沙，夜泊秦淮近酒家。
商女不知亡國恨，隔江猶唱後庭花。
——杜牧泊秦淮

文學到了陳，綺麗之極，眞個是『在蓮馨花徑裏踏着笛音，』盡力的織着浪漫之網。確實地說，陳後主的宮殿便是活的詩風，我們且向宮裏看看：宮中有臨春、結綺、望仙三閣，各高數十丈，連延數十間。窗牖壁帶，懸楣欄杆，都是沉檀做的，金碧輝煌，珠翠圍繞，外有珠簾，內有寶帳，房中陳設着希珍古玩，窗外雜植着奇花異卉，又積石爲山，引水爲池，每當微風吹來，香聞數里。陳後主自居臨春閣，貴妃張麗華居結綺閣，龔孔二貴嬪居望仙閣，並複道交相往來。又有王、李二美人，張薛二淑媛，袁昭儀、何婕妤、江脩容並有寵，迭游其上。僕射江總雖爲宰輔，不親政務，常和文士十餘人，侍宴後庭，不分上下尊卑，名爲狎客。後主每飲酒，令諸妃嬪及女學士，和狎客們共賦詩，互相贈答，以最艷麗的拿來譜曲，選宮女千餘人來學曲。曲有玉樹後庭花、臨春樂等，大約都是稱讚妃嬪的美色的。君臣酣飲，自夕達旦。似此，怎不會產生綺麗的文學呢？直到晚唐此風猶在，故杜牧有泊秦淮之作，倘若我們再讀一讀朱自清槳聲燈影裏的秦淮河，就知道迄今金陵還聞得出六朝金粉的香澤呢！

陳代文學者最著者有徐庾，世號「徐庾體」，自然是「浪漫的」了！庾信老死北周，似應列入北朝，但他也曾仕陳，又與徐陵齊名，就一同敘述，北朝便可不去管他了。

（但北魏酈道元水經注文筆美麗，目的雖非純爲文學，却是値得附帶提起的。）陳尙有陰鏗。杜甫稱李白道：『李侯有佳句，往往似陰鏗。』此下便略述徐陵、庾信。

徐陵（五〇七——五八三）字孝穆，東海郯人。他雖與庾信齊名，然實不及庾信。他對於文學的見解，從他所選的玉台新詠便可知道；這是他很鮮明的旗幟，書中錄香豔歌詞甚多。初唐的「四六」受他和庾信的影響不少。他的作品——尤其是賦——很少生命，所以淸許槤的六朝文絜只選他的玉臺新詠序一篇。

庾信（五一三——五八一）壽命總算是長的，活了六十九歲。他歷仕四朝十帝，眞可以算做一個長樂老人了。初仕東魏、梁和西魏，最後屈身事北周。這是他一生最痛苦的時期；看慣了南邊佳麗風光的人兒，那禁得起北方的沙塵撲面，怎受得住這般的凄涼寂寞！這時，陳周通好，南北流寓的人，各許其還舊國，但北周武帝因愛庾信過深，只放王克、殷不害他們回南，偏偏不放他歸去。他雖受北周隆渥的待遇，但終想念着花一般的南國，於是他動了鄉關之思，作了一篇哀江南賦。又因自傷屈體仕周，願隱居而不可得，更想起了家鄉之樂，作了一篇小園賦。但是可惜得很！他有這樣的環境，所作的這兩篇東西亦不過爾爾；除了引證些古人古事以外，便無他語；把自己的感情完全隱沒了。比起與他同時邱遲的與陳伯之書眞有上下牀之別。我們看，與陳伯之書中的江南，是如何引人神往！如那『暮春三月，江南草長，雜花生樹，羣鶯亂飛，』庾信文中，豈能有此美句？何況邱遲替陳伯之設想，不像庾信還是自家親身的經歷呢！大約賦比文難得做好，就在這裏可以得到一個證明了。但他的詩，却放情的唱出他自己的悲痛，與從前的不同。從前的詠畫屛詩正是他隨着父親肩吾以及蕭綱作宮體詩運動的時候，所以多香艷之曲。此時作詠懷詩却悲哀的彈出懷鄉病的調子來：『涸鮒常思水，驚飛每失林。』『壯情已消歇，雄圖不復申。移住華陰下，終爲關外人。』因爲這是傷心的文人生涯之一，所以後人頗致惋惜。唐司空曙金陵懷古云：『輦路江楓暗，宮庭野草春。傷心庾開府，老作北朝臣。』孫元晏庾信：『苦心詞賦向誰談，淪落咸陽志豈甘？可惜多才庾開府，一生惆悵憶江南。』

參考：

（一）六朝文絜（清許槤，掃葉山房石印本。）

（二）徐孝穆集（徐陵，四部叢刊本。）

（三）庾子山集（庾信，四部叢刊本）

（四）南史（可看後主張貴妃傳）

一四　南北朝樂府

在講過南朝的文士文學以後，再講南北朝的民間樂府詩。南朝的民間樂府詩最好的是吳聲歌，多用隱字。單只藕及其關聯的部分，就有許多比譬。藕是代替「偶」的，蓮是代替「憐」的，芙蓉就是古時候的荷花，是代替去掉草字頭的「夫容」的。女孩子唱着關於蓮的歌，實際上是與她的情人暗通消息，她的父母兄姊不知道，還要以爲她是歌頌大自然的景色呢。

北朝樂府與南朝的完全不同。在形式上說：南北樂府以五言四句爲最常見，七言二句的也不少。這是同點。惟北朝時有四言四句的，南朝就沒有；南朝時有雜言，北朝又極少。其實這與內容有密切關係：南朝的雜言，宜於詠婉轉的幽情；而北朝的四言，則宜於寫嗚咽叱咤的壯歌。在內容上說，南歌多詠戀愛或兒女，北歌則兼詠戰爭或英雄。企喻歌辭云：『男兒欲作健，結伴不須多。鷂子經天飛，羣雀兩向波。』琅琊王歌辭云：『新買五尺刀，懸著中梁柱。一日三摩娑，劇於十五女。』折楊柳歌辭云：『健兒須快馬，快馬須健兒。』

北歌與南歌有這許多不同處，無怪乎折楊柳歌辭中要說，『遙看孟津河，楊柳鬱婆娑。我是虜家兒，不解漢兒歌』了。

參考：

（一）樂府詩集（郭茂倩，四部叢刊本，商務。）

（二）樂府文學史（羅根澤，北平文化學社。）

(三)樂府通論(王易，神州國光社。)

一五　初唐四傑與陳子昂

唐代以詩和小說著稱，詩尤極一時之盛，就是自漢迄隋的詩之總和，也沒有唐朝一代多。這是由於唐朝以詩取士的緣故。初唐仍未盡脫六朝纖麗之習，可以初唐四傑王、楊、盧、駱、與沈、宋為代表，陳子昂却是特出的例外。

王勃（六五〇——六七八？）是一個短命的詩人，只活到二十八歲，正如一朵青春之花正開得茂盛，忽然夭折了！他是司馬遷的同鄉，六歲即能作文，「構思無滯，詞情英邁。」著名的文章滕王閣序曾引起不少人的讚美。其中有名句云：「落霞與孤鶩齊飛，秋水共長天一色。」相傳他作文素不構思，先磨墨數升，磨好就痛飲，醉後就得被蒙着頭睡，睡醒提起筆來，只須颼颼的寫去，不必更易一字，時人稱為腹稿。他年未及冠，即授朝散郎，以省父道中，溺海而死。他與雪萊遭了同樣的不幸，雪萊也是年紀輕輕的溺海而死的。他的五絕作得很好，今舉思歸一首：『長江悲已滯，萬里念將歸。況復高風晚，山山黃葉飛！』

楊炯（六五〇——七〇〇？）華陰人，爲文好以古人姓名連用，如：『張平子之略談，陸士衡之所記。』『潘安仁宜其陋矣，仲長統何足知之。』時人號爲「點鬼簿」。他聞人稱四傑之名，因說：『我愧在盧前，恥居王後。』

盧照鄰（六五〇——六九〇？）字昇之，幽州范陽人，鄧王稱之爲『寡人之相如。』後拜新都尉，因染風疾去官。處太白山，後病日甚，徙居陽翟具茨山。他手足拳曲，極感困頓，釋疾文序記其痛苦云：『余羸臥不起，行已十年，宛轉匡牀，婆娑小室，未攀偃蹇（曲也）桂，一臂連蜷，不學邯鄲步，兩足匍匐。寸步千里，咫尺山河。每至冬謝春歸，暑闌秋至，雲壑改色，烟郊變容，輒輿出戶庭，悠然一望。覆燾（亦覆也）雖廣，嗟不容乎此生；亭育（化育也）雖繁，恩以絕乎斯代。賦命如此，幾何可憑？』他這時死一般的活在世上。不，他的身子是在生死兩國的交點。於是他在詩中便夢想他的樂園，『倘遇浮丘鶴，』他就想『飄飖凌太清，』但因這究竟是幻想，肉體之痛苦總難忘去，於是他又生一般的死了，自投潁水死了。

駱賓王（六五〇？——六八四？）義烏人。與徐敬業同舉兵於揚州討武氏，討武曌檄是其名作。武后讀之，只是嘻笑。後來讀到『一坏之土未乾，六尺之孤安在？』不覺驚問：『誰作的？』有人說：『駱賓王。』她便說：『怎麼宰相沒有留意到他呢？』後來敬業失敗，賓王亡命，不知所終。武后又遣使搜集他的文字傳世。他作賦好以數對，如：『秦地重關一百二，漢家離宮三十六，』所以有「算博士」之名。

沈佺期和宋之問是律詩的創始者。詩無足稱。

在六朝遺風的初唐能不受影響，別開生面的有梓州射洪人陳子昂。餘若張若虛、劉希夷亦能不拘常格。張有春江花月夜，將此五字散入詩中，（春字四，江字十二，花字二，月字十五，夜字二。）迴環吟誦，有一種說不出的妙處，一加詮釋，便失神味；劉有代悲白頭翁，敍少年兒女轉瞬卽變爲白頭鶴髮，頗似莫泊桑的梅呂哀意境。故云：

『今年花落顏色改，明年花開復誰在，』又云：年年歲歲花相似，歲歲年年人不同，』或者黛玉葬花詞即脫胎於此。結云：『但看古來歌舞地，惟有黃昏鳥雀悲！』據說宋之問因他此詩佳句甚多，便殺死了他。竊以爲己作呢。

陳子昂（六五六——六九八）字伯玉。初入京師，未見知於人。有賣胡琴的，索價百萬，豪富傳視而不能辨。陳子昂排衆突出，看了看左右，以千緡（錢貫）買了下來。衆驚問。他說：『我會拉胡琴。』大家都說：『可以領教麼？』他欣然的說：『當然可以，明天在某處見。』大家如期偕往。他就預備酒肴，置胡琴於前，捧着胡琴說：『蜀人陳子昂，有文百軸到了京師，不會有人知道，胡琴是賤工拉的，豈是我高興撥弄的？』說罷，憤憤地擊碎了琴，以文徧贈在會的人。猶如擺倫一樣，一日之內就成名了。他的詩淸勁樸質，感遇詩尤有名。

參考：

（一）陳伯玉集（陳子昂，四部叢刊本。）

（二）初唐四傑集（掃葉山房石印本。）

（三）春江花月夜（張若虛，見唐詩別裁集卷五，商務。）

（四）代悲白頭翁（劉希夷，見同書同卷。）

（五）唐人萬首絕句選（王漁洋選，可看王勃的五絕。）

一六　詩豪李白

我們也曾想像到一個眸子炯然，腰束玉帶，身穿宮錦袍，在采石磯邊狂歌於船頭的詩人麼？這便是天才豪放的李白（七〇一——七六二）了！他字太白，蜀郡人。他的與韓荊州書：「十五好劍術，干於諸侯；三十成文章，歷抵卿相。」可算他前半生的自傳。他初年隱於岷山，後出遊襄漢，南至洞庭，東至金陵、揚州，又識郭子儀於行伍之間，脫其罪。既又去至齊魯，與孔巢父諸人交好，居徂徠山，號「竹溪六逸」。他之識杜甫，大約亦在此時。天寶初，南入會稽與吳筠善。筠被召，白也到了長安。往見賀知章，知章讀他的詩讚嘆道：『你眞是謫仙人呵！』便在玄宗前推薦。玄宗召見，奏頌一篇，帝賜食，親爲調羹。有詔供奉翰林，這時李白還與酒徒醉飲於市呢！

有一夜玄宗坐沉香亭賞花，楊貴妃也乘着香輦來了。貴妃捧着琉璃玉鍾，盛着西涼州的葡萄美酒殷殷的在她的情人前勸飲。玄宗因想到如此良宵，那願聽那老調，便想喚李白做幾首新詞。於是李白便醉態顢頇的進了宮庭。左右以水措面，酒氣方解，提起筆來，如走龍蛇，立刻草了三章清平調，樂工就譜奏起來，每逢一章將終，必故遲其聲，以媚貴妃。這時貴妃嫣然笑了！

李白醉時，曾喚力士脫靴，高力士懷恨在心，便在貴妃面前說：『李白這小子眞無禮！他在清平調中把你比作趙飛燕這賤婦，眞太看不起人了！』所以每逢玄宗要放李白做官，貴妃總是哭着不讓。李白本無意功名，現在宮中親信又讒忌他，他便懇求還山，依舊過他的浪漫的生活。臨行時作東武吟別謝知己，末句云：『書此謝知己，扁舟尋釣翁！』

他這時浮游四方，北至趙、魏、燕、晉，西涉邠岐，經洛陽，再至會稽，最後到了金陵。天寶十四年安祿山作亂，白避於廬山。永王李璘請他做府僚。後璘失敗。白連坐當誅，賴郭子儀救護，得免死長流夜郎。中道遇赦還。此後的生活，便在潯陽、金陵、宣城等處度過。後依當塗令族人李陽冰。相傳乘醉捉月而死。

這樣一個浪漫的詩人，當然遺留下來的軼事是很多的，最爲人所習知的就是某筆記所載騎驢醉闖華陰縣事和楊天惠彰明逸事中所載幼時與縣令聯詩事。不具錄。

他的詩的特點，就是「豪放」。胸襟空闊，語氣宏壯，眞曠代無及！例如：『君不見黃河之水天上來！』（將進酒）『吾欲攬六龍，回車掛扶桑！』（短歌行）『手中電曳倚天劍，直斬長鯨海水開！』（司馬將軍歌）『當筵意氣凌九霄。』（憶舊遊）從這幾句斷片，已可略見其天馬行空之概！

昔人謂淵明嗜酒，長吉好詠月，太白則是既具淵明之量，復有長吉之癖，時喜把酒邀月，幾乎每一首詩中提到月，亦必提到酒。如月下獨酌、獨酌、友人會宿、自遣、醉題王漢陽廳、春日醉起言志等篇都是。今舉一篇把酒問月：

靑天有月來幾時，我今停杯一問之。人攀明月不可得，月行却與人相隨。……今人不見古時月，今月曾經照古人。古人今人若流水，共看明月皆如此。唯願當歌對酒時，月光常照金樽裏。

李白的憶舊遊寄元參軍爲七古中最好的一首，他的性格、經歷，於此約略可見一斑：

……海內賢豪靑雲客，就中與君心莫逆。迴山轉海不作難，傾情倒意無所惜。我向淮南攀桂枝，君遊洛北愁夢思，不忍別，還相隨，相隨迢迢訪仙城，三十六曲水迴縈。一溪初入千花明，萬壑度盡松風聲。銀鞍金絡倒平地，漢東太守來相迎。紫陽之眞人，邀我吹玉笙，餐霞樓上動仙樂，嘈然宛似鸞鳳鳴。袖長管催欲擧，漢東太守醉起舞。手持錦袍覆我身，我醉橫眠枕其股。當筵意氣凌九霄，星離雨散不終朝，分飛楚關山水遙」！余旣還山尋舊巢，君亦歸家渡渭橋。……行來北京歲月深，感君貴義輕黃金，瓊杯綺食靑玉案，使我醉飽無歸心。時時出向城西曲，晉祠流水如碧玉，浮舟弄水簫鼓鳴，微波龍鱗莎草綠。興來攜妓恣經過，其若楊花似雪何！紅粧欲醉宜斜日，百尺淸潭寫翠娥。翠娥嬋娟初月輝，美人更唱舞羅衣。淸風吹歌入空去，歌曲自繞行雲飛！此時行樂難再遇，西遊因獻長揚賦。北闕靑雲不可期，東山白首還歸去。渭橋南頭一遇君，酇台之北又離羣。問余別恨知多少！落花春暮爭紛紛！……（有點處可見其仙氣，有圈處可見其俠氣。）

他的五絕以「牀前明月光」（卽夜思），「衆鳥高飛盡」（卽敬亭獨坐）爲最佳，七絕以「朝辭白帝」（卽下江陵）爲最佳。律詩大不擅長。七古比五古好。他的詩已有日本小烟薰良英文譯本。李白論詩，謂『寄興深微，五言不如四言，七言又其靡也，』與他所表現的絕對相反，因爲他的七古是最好的。

（一）論李白（毛盛炯，廣大文科季刊第一期，民智出版，本節多所取資。）

(二)李杜研究(汪靜之，商務。)

(三)頹廢派之文人李白(徐嘉瑞，中國文學研究，商務。)

(四)李白與杜甫(傅東華，商務。)

(五)插圖本中國文學史(鄭振鐸，可看第二十五章。)

(六)李太白集(王琦注，世界書局洋裝本。)

(七)李太白集(石印通印本。)

(八)李太白詩(沈歸愚選本，文明書局。)

(九)唐詩紀事(計敏夫，李白軼事搜集甚多。宋尤熇之全唐詩話，獨不收李，杜，甚可怪也。)

一七　社會詩人——杜甫與元白

杜甫與李白是絕對不同的兩個詩人。黃仲則在太白墓詩中有一個很好的比喻，他說只要看二人的墳地便可知二人詩風之分野：李白的墓門對着青山，又與賈島同居泉下，所以是『江山終古月明裏，醉魄沉沉呼不起；』而杜甫却是葬在瀟湘湄，當然是『衡雲慘慘通九疑』了。所以，李白是樂天的，杜甫是悲觀的；無怪乎李白對杜甫有『飯顆山頭』之譏呢。他們兩人作風如此不同，當然我們不能分出優劣來，也用不着分。元稹之所以說李不能窺杜之藩籬，也不過因爲他自己也是個社會詩人。法國勒買特（Lemaitre）說：『我以爲一個人嗜好那篇作品，便可以說在他現在看來，那篇作品是好。』批評是不能有一定的衡量的，倘若那作品已經在水平線以上了。每每人家問我何人的作品最好，這是最引起困惱而不知如何回答的事。因之，我們且不論李杜優劣，但看其不同處好了。於此，曾毅說得頗扼要，今表錄如後：

李白	南方化	仙品	出世	浪漫	受道家影響	才	情	樂自然
杜甫	北方化	聖品	入世	寫實	本儒教見地	學	性	泣時事

杜甫（七一二——七七〇）字子美，號少陵，本籍襄陽，後徙居河南鞏縣。他一生

都在流離顚沛之中，祿山作亂便是他厄運的開始。那時他已是四十多歲的人了。既不被知於朝廷，又要避兵於川、湘，白髮蒼蒼，携妻負兒，行於深山大窟之中，自然他感時的詩便多量的產生了。他之能成爲社會詩人者，也是環境造成的呢。肅宗卽位靈武，他在鄜州，要想勉強到靈武去，半途爲賊所得；逃出賊窟以後，爲了救房琯，貶爲華州司功參軍，時値遍地干戈，且遇荒年，他只得身自負薪，採橡、栗爲食，他的兒子竟在同谷餓死了。當時的苦況，他有同谷縣作歌云：『長鑱長鑱白木柄，我生託子以爲命；黃精（多年生草名）無苗山雪盛，短衣數挽不掩脛；此時與子空歸來，男呻女吟四壁靜，嗚呼二歌兮歌始放。鄰里爲我色惆悵！』又奉先詠懷述其子死：『入門聞號咷，幼子飢已卒！……所愧爲人父，無食竟夭折。』據汪靜之統計，杜甫詩中饑字凡三十八，餓字凡四，足見我們的詩人流離的痛苦。後來他至蜀，依故人嚴武，川亂後又避兵湖南，自五十四歲到五十九歲，這六年間無日不在避難，終於死在耒陽。他有一首茅屋爲秋風所破歌敍他在蜀時的苦況，房子漏雨，被褥是用了幾百年的，眞是可憐極了！他的別贊上人說：『我生苦漂蕩，何時有終極！』又寓目說：『自傷遲暮眼，喪亂飽經過。』天呀天，何以待我們的詩人這般的殘酷呵！

爲了他身受兵災的苦，於是，他非戰了！他的三吏（新安吏、潼關吏、石壕吏）三別（新婚別、垂老別、無家別）寫戰時人民困苦的片斷，極驚心動目，使人讀之下淚！他的兵車行也是寫戰爭之罪的：『車轔轔，馬蕭蕭，行人弓箭各在腰。爺娘妻子走相送，塵埃不見咸陽橋！牽衣頓足攔道哭，哭聲直上干雲霄。……且如今年冬，未休關西卒。縣官急索租，租稅從何出！信知生男惡，反是生女好。生女猶是嫁比隣，生男埋沒隨百草。君不見，青海頭，古來白骨無人收。新鬼煩寃舊鬼哭，天陰雨濕聲啾啾！』此外如北征、羌村、前出塞等也都充滿了非戰思想。他又對於當時階級制度，深致不滿，故奉先詠懷云：『朱門酒肉臭，路有凍死骨！』又云：『彤庭所分帛，本自寒女出，鞭撻其夫家，聚斂貢城闕！』

在藝術方面，杜老極善選韻。如聞官軍收河南河北是表示狂喜的，便用「七陽」

韻；無家別是表示悲傷的，便用「八齊」韻。

與杜甫同能注意到第四階級者，在中唐有白居易和元稹。

白居易（七七二——八四六）字樂天，太原人，官至左贊善大夫，因事貶江州司馬，琵琶行即在此時作，『同是天涯淪落人，相逢何必曾相識？』慨人亦以自慨，無怪乎『江州司馬青衫濕』了！他此時隱居廬山，又有文廬山草堂記一篇。他的詩明白如話，老嫗都解。初與元稹酬詠，世稱「元白」；時人亦有譏爲「元粗白俗」者。稹死後，又與劉禹錫齊名，號「劉白」，所作多至數千篇，爲唐以來所未有。他給人的信說：『自長安抵江西，三四千里，凡鄉校逆旅行舟之中，往往有題僕詩者，士庶僧徒孀婦處女之口，每有詠僕詩者。』這也是唐以來所未有的。

白居易的文學主張是很鮮明的，他主張「人生的藝術」，這在與元九書中可以看出：『國風變爲騷詞，五言始於蘇李。蘇李騷人，皆不遇者，各繫其志，發而爲文。故「河梁」之句，止於傷別；「澤畔」之吟，歸於怨思；徬徨抑鬱，不暇及他耳。然去詩未遠，梗概尚存，故興離別則引雙鳧一雁爲喻，諷君子小人則引香草惡鳥爲比，雖義類不具，猶得風人之二三焉。於時六義始缺矣。晉宋以還，得者蓋寡：以康樂之奧博，多溺於山水；以淵明之高古，偏放於田園。江鮑之流，又狹於此。……於時六義寖微矣。陵夷至於梁陳之間，率不過嘲風雪，弄花草而已。噫！風雪花草之物，三百篇中豈捨之歟？顧所用何如耳！設如「北風其涼」，假風以刺威虐也；「雨雪霏霏」，因雪以愍征役也；「棠棣之華」，感華以諷兄弟也；「采采芣苢」，（音浮以，即車前子）美草以樂有子也。皆興發於此，而義歸於彼。反是者可乎哉！……唐興二百年，……詩之豪者稱李杜；李之作才已奇矣，人不逮矣，索其風雅比興，十無一焉；杜詩最多，可傳者千餘首，……然撮其新安吏、石壕吏、潼關吏、塞蘆子、留花門（均在杜工部集卷二）之章，「朱門酒肉臭，路有凍死骨」之句，亦不過十三四。杜尚如此，況不逮杜者乎？」

因爲他反對「藝術的藝術」，所以他以白話作詩；因爲他主張「人生的藝術」，所以他有許多詩爲社會鳴不平。如秦中吟的輕肥、賣花，新樂府的賣炭翁、縛戎人、繚陵、杜陵叟，都是為勞働者叫屈的。賣炭翁一篇尤好，『可憐身上衣正單，心憂炭賤願天寒，』這是如何的可憐呵！他又有新豐折臂翁一篇，寫黷武主義的卑劣，和杜甫有同樣的非戰思想。

元稹（七七九——八三一）河南人。晚年任浙東觀察使，居龍山，有詩寄樂天自誇宅第。他的宮詞很好，連昌宮詞尤有名。所以宮中妃嬪都讀他的詩，稱他為元才子。故行宮云：『寥落故行宮。宮花寂寞紅！白頭宮女在，閒坐說玄宗。』即此數語，已抵得白居易的長恨歌！他對於平民的同情，可於田家詞見之：『姑舂婦擔去輸官，輸官不足歸賣屋。』當時政治黑暗，官吏腐敗，於此可見。又夫遠征云：送夫之婦又行哭，哭聲送死非送行。夫遠征，遠征不必戍長城，出門便不知死生。』惜遇樂天太遲，且律詩及艷體作得太多，故此類詩終甚少也。

參考：

（一）杜詩鏡銓（楊倫注，通行石印本。）

(二)杜詩錢注(世界書局本。)

(三)杜少陵詩(沈歸愚選本，文明書局。)

(四)杜甫評傳(余俊賢，廣大文科季刊第一期，本節多所取資。)

(五)李白杜甫(見曾毅中國文學史。)

(六)白香山詩集(四部備要本。)

(七)白樂天詩(沈歸愚選本，文明書局。)

(八)元氏長慶集(元稹，四部叢刊。)

一八　田園詩人——王孟韋柳

唐詩有一派是專學陶淵明的，盛唐有王維、孟浩然，中唐有儲光羲，韋應物、柳宗元。元結的詩也多寫田園。凡六家。

王維(六九九——七五九)字摩詰，太原人。他和羅賽諦(Rossetti)一樣，旣會作詩，又會作畫，所以人家稱他『詩中有畫，畫中有詩。』他寫景的詩最好的是輞川集。詩中有的是高歌的騷人，低吟的少女。煙花雲鳥，無一不成了他的詩料！他珍珠般的歌聲，一個個的音節連綴成「時間的畫片」，生動有致，眞不愧爲東方愛自然的太戈爾，白描無畫畫帖的安徒生！如鹿柴說：『空山不見人，但聞人語響。返景入深林，復照青苔上。』這是多麼幽絕的景緻呵！又如茱萸沜：『結實紅且綠，復如花更開。山中倘留客，置此茱萸杯！』這又是怎樣有風趣的情調呵！又如臨湖亭：『輕舸迎上客，悠悠湖上來。當軒對樽酒，四面芙蓉開！』寫得極其瀟洒脫塵！又如辛夷塢：『木末芙蓉花，山中發紅萼。澗戶寂無人，紛紛開且落。』寫得極其寂靜悠遠。欹湖、白石灘寫兒女子的柔情甚好，這在淡泊的王維詩中是不易看到的。此外寫景詩如藍田石門精舍、山居秋暝、田園樂都很好，渭川田家一首尤近陶詩：『斜光照墟落，窮巷牛羊歸。野老念牧童，倚杖候荊扉，雉雊麥苗秀，蠶眠桑葉稀。田夫荷鋤至，相見語依依；即此羡閒逸，悵然吟式微！』餘如春中田園作、新晴晚望、納涼、終南別業、山居即事、輞川閒居，都是寫景詩的上選。

他寫戰爭的詩也很好，因此有人以他與高、岑並稱的。但究佔少數，可讀的僅從軍行、隴西行、老將行、送張判官赴河西、使至塞上、塞上曲、從軍辭、隴上行等七八首而已。

他的詩集中，沒有一首粗獷的詩，也沒有一首熱情奔放的詩。只是像一陣清風，微微的拂過花徑，使人感到香甜的氣息；又好似香篆裏的煙雲，一縷縷極清晰的繚繞，繫住了我們的迷戀。詩人王屑批評他的詩：『如出水芙蕖，倚風自笑。』史鑑韻編評爲：『上林春曉，芳樹微烘，』都很適當。

孟浩然（六八九——七四〇）襄陽人。隱鹿門山，年四十，方遊京師。王維很稱讚他的詩，邀入內署。不久玄宗到，浩然躲在牀底下。被玄宗發覺，王維只好說出實話來。帝喜道：『我久聞此人文名，爲何嚇得躲了起來？』於是詔浩然出，叫他讀自己作的詩。浩然讀到『不才明主棄，』帝說：『你自己不求仕，我並未棄你，怎麼冤枉起我來。』於是浩然作官便無望了。後來，韓朝宗約浩然到京師。他因和友人飲酒，便把這事忘了。雖是友人催他，他也不管。他雖和孟郊一樣的不遇，但因他生性曠達，本無意爲官，所以毫不覺得什麼，他的詩依舊是很清和的，李白稱他『白首臥松雲，』卽此五字，已把一個孟浩然畫出來了。他的家人，兼治田園，所以他對於田園，樂趣很多。見於篇章，不一而足。如李氏園臥疾云：『我愛陶家趣，林園無俗情。』尋張五迴夜園作云：『歲月何用賞，霜落故園蕪』過故人莊云：『開軒面場圃，把酒話桑麻。待到重陽日，還來就菊花。』寫景最好的是秋登萬山寄張五：『天邊樹若薺，江畔洲如月。』又，宿業師山房云：『松月生夜涼，風泉滿清聽。』晚春云：『林花掃更落，徑草踏還生，』都不減王維詩。

儲光羲（七〇〇？——七六〇？）的田園詩，可以田家雜興之一爲代表：『種桑百餘樹，種黍三十畝。衣食既有餘，時時會賓友。夏來菰（卽茭白）米飯，秋至菊花酒。孺人善逢迎，稚子解趨走。日暮閒園裏，團團蔭榆柳。酩酊乘夜歸，涼風吹戶牖。清淺望河漢，低昂看北斗。數甕猶未開，來朝能飲否？」

韋應物（七三五？——八三〇？）的詩就我個人看來，與其說是學陶潛，不如說是學謝脁。因爲他們的詩都不能給人平易之感，每每愛用險側的句子。略似陶詩的有下列數首：

攜酒花林下，……坐望還山雲。且遂一懽笑，焉知賤與貧。——與友生野飲

……掇英泛濁醪，日入會田家。盡醉茅檐下，一生豈在多？——效陶彭澤

林院生夜色，西廊上紗燈。時憶長松下，獨坐一山僧。——寄璨師

蕭條竹林院，風雨叢蘭折。幽鳥林上啼，青苔人跡絕。燕居日已永，夏木紛成結，几閣積羣書，時來北窗閱。——燕居卽事

還有始夏南園思舊里、對新篁亦佳，不具錄。

柳宗元（七七三——八一九）字子厚，河東人。他的生平，韓愈的柳子厚墓誌銘敍述甚詳。一生慷慨行義，爲了劉禹錫願以柳易播，尤爲難得。他由博學宏詞科直升到禮

部員外郎，後來忽的一貶而永州司馬，復移柳州刺史，這是他最不得意的時期。其實，他如不被斥，又怎能成爲陶派詩人，更那能成爲一代文宗呢？所以韓愈說：『子厚斥不久，窮不極，雖有出於人，其文學辭章，必不能自力，以致必傳於後如今無疑也。』他的田園詩大都在永州作，美麗如水經注的散文永州八記亦在永州作，因爲永州是他官階最下落的地方。他與韓愈文起八代（東漢、魏、晉、宋、齊、梁、陳、隋）之衰，後世宗之。又李翺的古文也很好。柳宗元的學陶詩如旦攜謝山人至愚池、獨覺、溪居、夏初雨後尋愚溪、秋曉行南谷經荒村、雨後曉行獨至愚溪北池、中夜起望西園值月上、江雪都很好。江雪尤爲人所傳誦。今錄溪居：『久爲簪組累，幸此南夷謫。閑依農圃鄰，偶似山林客。曉耕翻露草，夜榜響溪石。來往不逢人，長歌楚天碧！』又錄中夜起望西園值月上：『覺聞繁露墜，開戶臨西園。寒月上東嶺，冷冷疏竹根。石泉遠逾響，山鳥時一喧。倚楹遂至旦，寂寞將何言？』

元結的石魚湖上醉歌也是田園詩，不過不大似陶耳。

參考：

(一)唐四家詩集(內收王、孟、韋、柳詩四家，掃葉山房石印本。)

(二)田家雜興(儲光羲，王文濡選唐詩評註讀本，文明書局。)

(三)石魚湖上醉歌(元結，唐詩評註讀本。)

(四)王摩詰孟浩然詩(王漁洋選本，文明書局。)

(五)韋蘇州柳柳州詩(沈歸愚選本，文明書局。)

(六)王摩詰(梅澤和軒作，傅抱石譯，商務。)

(七)唐詩概論(蘇雪林，商務。)

一九　邊塞詩人——高岑

唐詩人詠邊的大都在盛唐，高適、岑參、李頎的七古，王昌齡、王翰、王之渙的七絕最有名。

高適（七〇〇？——七六五）字達夫，滄州渤海人，曾爲哥舒翰掌書記，故詩多詠邊塞高。、岑的詩，王荊公唐百家詩選中選得最多，誠如倪仲傳所說：『凡以詩鳴於唐，有驚人語者，悉羅於選中。』我最愛他燕歌行內二語：『校尉羽書飛瀚海，單于獵火照狼山。』其他的代表作有古大梁行、薊門行、營州歌、送渾將軍出塞、登百丈峯等。今錄登百丈峯等：『朝登百丈峯，遙望燕支道。漢壘青冥冥，胡天白如掃。憶昔霍將軍，連年此征討。匈奴終不滅，寒山徒草草。惟見鴻雁飛，令人傷懷抱。』

岑參（七二〇——七七〇？）的邊塞詩，大都在佐封常清幕時作的。就邊塞這一個賦題說來，岑參的好詩確比高適多一些。如武威送劉單判官、玉門關蓋將軍歌、天山雪送蕭沼歸京、宿鉄關西館、函谷關歌、赤驃馬歌、使交河郡、走馬川行、熱海行、輪台歌、白雪歌等都極蒼勁，又涼州館中與諸判官夜集雖非戰場詩，亦有豪氣。交河郡在火山脚，苦熱無雨雪，故使交河郡云：『暮投交河城，火山赤崔嵬。九月尚流汗，炎風吹沙埃。』熱海行詠海熱與上首詠山熱異曲同工：『蒸沙礫石燃虜雲，沸浪炎波煎漢月。』此處安燃煎二字，是如何的新奇而挺拔呵！走馬川行奉送出師西行作是最好的一首，凡三句一換韻：

君不見走馬滄海邊，平沙莽莽黃入天。

輪台九月風夜吼，一川碎石大如斗，隨風滿地石亂走。

匈奴草黃馬正肥，金山西見煙塵飛，漢家大將西出師。

將軍金甲夜不脫，半夜軍行戈相撥，風頭如刀面如割。

馬毛帶雪汗氣蒸，五花連錢旋作冰，幕中草檄硯水凝。

虜騎聞之應膽懾，料知短兵不敢接，車師西門佇獻捷。

他的天山雪與白雪歌頗多相似處：

北風夜卷赤亭口，……晻靄寒氛萬里凝，闌干陰崖千丈冰。將軍狐裘臥不暖，都護寶刀凍欲斷。——天山雪

北風捲地白草折，……狐裘不暖錦衾薄，……都護鐵衣冷難着。海瀚闌干千尺冰，

愁雲慘澹萬里凝——白雪歌

大約白雪歌是改天山雪作的。將兩詩比較，看其如何更易，倒不是一件無益的工作，於此我們可以看出詩是不能草率作去的。所謂「感興」只在未成詩時。既成詩後，無妨加以藝術上的修飾。

李頎有古從軍、從軍行二詩。古從軍警句云：『年年戰骨埋荒外，空見蒲桃入漢家！』以人命換塞外之物，隱隱的已有非戰之意。

王昌齡江寧人，初爲汜水尉，以不檢細行貶龍標尉，李白贈他詩道：『揚州花落子規啼，聞道龍標過五溪。我寄愁心與明月，隨風直到夜郎西。』盛唐詩人，惟他與浩然位最不顯。他的邊塞詩五古有塞上曲。但不及其七絕。從軍行其一云：『烽火城西百尺樓，黃昏獨坐海風秋；更吹羌笛關山月，無那金閨萬里愁。』其二云：『琵琶起舞換新聲，總是關山舊別情；撩亂邊愁聽不盡，高高秋月照長城。』最好的是出塞：『秦時明月漢時關，萬里長征人未還。但使長城飛將在，不教胡馬度陰山。』

王翰涼州詞云：「葡萄美酒夜光杯，欲飲琵琶馬上催。醉臥沙場君莫笑，古來征戰幾人回。」

王之渙也有涼州詞。相傳高適、王昌齡和王之渙三詩人共詣旗亭買酒小飲，忽有梨園伶官十數人登樓會讌，三詩人因避席隈擁爐火以觀。不久來了妙妓四人，光采奪目，美麗異常，少停就奏起樂來。這三人私相約道：『我們各人詩名，每不自定甲乙。現在可以偸聽她們唱。倘詩入歌詞多的，就算是第一。』未幾一伶唱昌齡詩。昌齡引手畫壁道：『一絕句！』又一伶唱適詩，適亦記之如昌齡。後又一伶又吟昌齡句，昌齡又記之。之渙這時說：『他們唱的都是下里、巴人，焉知陽春，白雪？』更指着妓中最美的一個說：『個人兒如輕啓朱唇，一定是我的詩：倘若不是，我終身不敢與你們爭衡了！如果是的，你們要列拜牀下，喊我老師！』於是笑着等待。須臾，該雙鬟的那人兒唱了！果然她唱的是王之渙的涼州詞：『黃河遠上白雲間，一片孤城萬仞山。羌笛何須怨楊柳，春風不度玉門關！』（事見集異記）

參考：

（一）唐代的戰爭文學（胡雲翼，商務國學小叢書本。）
（二）岑參（徐嘉瑞，中國文學研究。）
（三）高渤海岑嘉州詩（王漁洋選本，文明書局。）
（四）唐百家詩選（王荆公，醫學書局。）
（五）唐詩別裁（選高，岑，李詩甚精。）

二十　苦吟詩人——劉長卿與韓愈詩友

中唐詩人很有幾個是一生潦倒而形之於詩的，這就是劉長卿、韓愈、孟郊和賈島。劉長卿（七一〇？——七八〇？）兩唐書俱無傳，但他曾貶往湖南，却是他重大的事實。屈原以後有賈誼，不想賈誼以後還有劉長卿啊！近人徐嘉瑞說：『劉長卿善於陳述自己的苦痛。』又說劉長卿的律詩自然而不用典故，用字平凡。音調和諧，推崇備至。明陽鐓序劉隨州集云：『凡其寫懷遣興，寄友送別，登山眺水，蕩泊客旅，罔不詩，詩罔不自悒悒懷抱者爲之。』又云：『（豈亦）長卿嗟世不如意，不覺其過於傷，猶屈平之離騷者歟？』由此，可知他是時常唱着自己的歌聲的。他負讒後題越亭末節云：『青衫數行淚，滄海一窮鱗。流落誰相見，空憐鷗鷺親。』重送裴郎中貶吉州云：『猿啼客散暮江頭，人自傷心水自流。同作逐臣君更遠，青山萬里一孤舟！』贈鄭校書首節云：『青青艸色滿江州，萬里傷心水自流。越鳥豈知南國遠，江花獨對北人愁。』湘中憶歸佳句云：『湘流澹澹空愁予，猿啼啾啾滿南楚！』過賈誼宅更是借他人酒杯，澆自己塊壘了。他的小鳥篇將他一番要想用世的心都表示出來，其實小鳥就是他自己。詩云：『落羅小鳥何甚微！翩翩日夕空此飛。只緣六翮不自致，長似孤雲無所依。西城黯黯斜暉落，衆鳥紛紛皆有託。獨立雖輕燕雀羣，孤飛遠懼鷹鸇搏。自憐天上青雲路，弔影徘徊獨愁暮。銜花縱有報恩時，擇木誰容託身處？歲月蹉跎飛不進，羽毛顦顇何人問？遶樹空隨烏雀驚，巢林只有鷦鷯分。主人庭中蔭喬木，愛此清陰欲棲宿。少年挾彈遙相猜，遂使驚飛往復迴。不辭奮翼向君去，唯怕金丸隨後來。』

韓愈（七六八——八二四）字退之，昌黎人，初貶陽山令，因諫迎佛骨又貶爲潮州刺史，『雲橫秦嶺家何在？雪擁藍關馬不前。』我們知道這位詩人是如何的苦了！廣東是最熱的地方，瘴氣又多，況且又是未加開闢的荒地，我們看他送區册序中所說，是如何的可憐呵！陽山的土人是『鳥言夷面』的，陽山的地勢是『陸有邱陵之險，虎豹之虞。江流悍急。』區册跑去看了他，自然便感激得以至涕零了！他的送窮文也只是假笑而已，其實是很悲哀的。他的散文比詩還有名，與柳宗元並稱，但藝術似不及柳州，每好言道學語，因之文無閒散的趣味。他的詩善寫陰濕之景，這是他的環境造成他的。如山石有云：『山石犖确行徑微，黃昏到寺蝙蝠飛。……僧言古壁佛畫好，以火來照所見稀。』八月十五夜有云：『洞庭連天九疑高，蛟龍出沒猩鼯號。……下牀畏蛇食畏藥，海氣溼蟄薰腥臊。』謁衡嶽廟有云：『我來正逢秋雨節，陰氣晦昧無清風。』又，他喜以作文之法作詩，所以愛讀他的詩的人甚少；何況他的詩又爲文名所掩呢！

孟郊（七五一——八一四）字東野，湖州武康人，也是一個不遇的詩人。陸龜蒙有一篇美麗的散文書李賀小傳後紀他後半生在任溧陽尉事甚詳：『孟東野貞元以前秀才，家貧，受溧陽尉。溧陽昔爲平陵，縣南有投金瀨。瀨南八里許，道東有平陵城，周千餘步，其趾坡陁，裁高三四尺，而草木勢甚盛，率多大櫟，合數十抱。藂篠蒙翳，如塢如洞。地窪下，積水沮洳，深處可活魚鼈輩。大抵幽邃岑寂，氣候古澹可喜。除里民樵採外無人者。東野得之忘歸，或比日，或間日，乘驢，領小吏，經驀（音陌，超越也。）投金瀨一往。至則蔭大櫟，隱岩篠，坐於積水之傍，苦吟到日西而還。爾後衰衰（多次也）去，曹務多廢弛。令季操卞急，不佳東野之爲，立白上府，請以假尉代東野，分其俸以給之。東野竟以窮去。』他前半生上京考舉，每每落第，而他家又窮，父母期盼心又切。於是他有嘆命之作：『影孤別離月，衣破道路風，』這是如何的窮苦呵！感謝明代楊邃庵編次他的詩集，按性質分爲十六類。因了他，在「詠懷」一類中，我們能夠很清楚的順序看他落第時所詠的詩。落第云：『曉月難爲光，愁人難爲腸！誰言春物榮，豈見葉上霜？……棄置復棄置，情如刀刃傷！』秋夕貧居述懷云：『臥冷無遠夢，聽秋酸別情。高枝低枝風，千葉萬葉聲。淺井不供飲，瘦田長廢耕。今交非古交，貧語聞皆輕！』再下第有云：『兩度長安陌，空將淚見花！』此後又有失意歸吳、下第東南行、商州客舍、長安旅情、長安羈旅，亦極可憐。今錄長安旅情：『盡說青雲路，有足皆可至。我馬亦四蹄，出門似無地。玉京十二樓，峨峨倚靑翠。下有千朱門，何門薦孤士？』他死後的苦況，有賈島的哭孟郊可見一斑：『寡妻無子息，破宅帶林泉！』讀之能不淒然？

賈島（七八八——八四三）字閬仙，范陽人，初爲僧，名无本。他和孟郊都因韓愈的賞識而得名。韓愈贈他的詩說：『孟郊始葬北邙山，日月星辰頓覺閒。天恐文章中斷絕，再生賈島在人間。』他爲僧時，居法乾寺，與無可唱和。一日，宣宗微行到寺。聽得鐘樓上有吟哦聲，便登樓去尋，在島的書案上取詩集來看。島不知是宣宗，做出瞧不起的樣子，把詩集搶了過來說：『你也會做詩麼？』宣宗不動聲色的去了。那時洛陽令不許僧午後出寺，島有詩云：『不如牛與羊，猶得日暮歸。』韓愈很替他可惜，勸他還俗，於是他便中了進士。有一次他在驢上吟『僧推月下門，』又想用敲字，又想用推字，因此衝了韓愈的鹵簿。後來韓愈教他用敲字，因爲敲字較有神韻。與此相類的事，他在未儒服時，也是跨驢，橫截天街。時秋風正厲，黃葉可掃。島吟詩道：『落葉滿長安！』求一聯而不可得。不知身之所從，因此衝了京兆尹劉棲，被繫了一夜。故程錡說他：『騎驢衝大尹，奪卷忤宣宗！』還俗時他知是宣宗，便去謝罪。宣宗立賜御札，除遂州長江簿，故後人又稱島爲賈長江。他的詩也極寒苦，猶之孟郊。故他的戲贈友人說：『一日不作詩，心泉如廢井。……朝來重汲引，依舊得淸冷。書贈同懷人，詞中多苦辛。』但他藝術表現的方法與孟郊不同：孟郊是白描，老老實實地寫他自己的苦痛；賈島却是借自然來喻他自己，『寒』字是他最愛用的字，如『斜日下寒天』（哭孟郊）之天寒，『寒草煙藏虎』（寄貞空二上人）之草寒，『寒衝陂水路』（百門陂）之人寒，『悠悠帶月寒』（送友人遊蜀）之水寒，『寒泉入定聞』（送惟一）之泉寒，等等都是，其實都是說他自己。這在美學上，名叫『感情移入』。臨溪隱居詩話載他兩句詩，『獨行潭底影，數息樹邊身。』自註云：『二句三年得，一吟淚雙流。知音如不賞，歸臥故山秋。』（他的贈劉評事，自稱爲「苦吟身」）我們試閉目想想看，潭底照着一個潦倒詩人清癯的瘦影！……

參考：

（一）劉隨州集（劉長卿，四部叢刊本。）
（二）中古文學概論（徐嘉瑞：亞東出版。）
（三）韓昌黎集（韓愈，商務國學基本叢書本。）
（四）中國六大文豪（謝無量，可看韓愈編。）
（五）孟東野詩集（石印通行本）
（六）書李賀小傳後（陸龜蒙，唐文評註讀本，文明。）
（七）賈閬仙長江集（賈島，四部叢刊本。）

（八）全唐詩話（尤焴，內載賈島軼事甚多。）

（九）韓昌黎孟東野詩（沈歸愚選本，文明書局。）

二　唯美詩人——李賀與溫李

唯美詩人中唐有李賀，晚唐有溫庭筠、李商隱和杜牧。

李賀（七九〇——八一六）字長吉，昌谷（在今河南）人，二十七歲就死了。他是和王勃一樣的短命呵！他爲人纖瘦，通眉，長指爪，能疾書，能苦吟，性孤冷，落落不與俗人合。神經敏銳，異乎常人。善感多愁，幾視天地間一花一木，一磚一瓦，無不令人可愁可泣。他有過人的天才，所以七歲便「能辭章」。那時的大文學家韓愈皇甫湜不相信，親到他家裏要他做詩，立刻做了一篇高軒過，二人大驚，從此他就得了名。

他做詩是很有趣的。每天騎了一匹小驢，隨了一個奚奴，背了一個古錦囊，偶爾想着一句好句子，便寫下丟在囊中，回來時，把囊內詩句拋在桌上，加以整理，就成爲詩了。這與王爾德作詩方法幾乎是一樣的。蘭珊（Ransome）在王爾德評傳裏說王爾德作詩好似刼賊一樣，極其貪心地掠刼客人的東西，多多益善，盡裝在他的船裏；又好似鄉下姑娘一樣，看見滿田的野花，這朶也愛，那朶也愛，終於全部裝在她的籃子裏，不管用得着用不着。所以王爾德的詩是很美，但也是支離破碎的。李賀又何嘗不是如此呢？長吉一生不得志，位僅至奉禮協律郎，故有詩云：『我生二十不得意，一心愁謝如枯蘭。』他的馬詩也是寫不平之氣的，如『無人織錦韂（小鞍也），誰爲鑄金鞭？』世無伯樂，當復如何？

他的唯美詩可以李憑箜篌引爲代表；中有句云：『江娥啼竹素女愁，李憑中國彈箜篌。崑山玉碎鳳凰叫，芙蓉泣露香蘭笑。』又蜀國絃、雁門太守行、休洗紅也都很好。他因不得志，故每幻想天上的樂園，如仙人、神仙曲、夢天、天上謠、上樂、秦王飲酒等都是這種不曾滿足的慾望的。李商隱李賀小傳稱：『長吉將死，忽晝見一緋衣人，駕赤虯，持一版書若古篆或霹靂文者，云當召長吉。長吉了不能讀，欻下榻叩頭言，「阿㜷老且病，賀不去。」緋衣人笑曰，「帝成白玉樓，立召君爲樂。天上差樂不苦也。」』這事大約是長吉的幻覺（Hallucination），由於平日想慕仙境，故病危時有此下意識作用也。

李賀死時年齡，舊唐書說是二十四，新唐書說是二十七。杜牧之爲李長吉集作序時在太和五年（八三一），序賀集云：『賀死後凡十有五年，京兆杜牧爲其序。』往上推去，恰是元和十一年（八一六），賀詩中又有句云：『三十未有二十餘，』故知必已活到將近三十歲，也就是二十七歲，以此推上去，他的生年便是貞元六年（七九〇）了。故知李賀實活到二十七歲，非二十四歲。

溫庭筠（八二〇？——八七〇？）時人號爲溫八叉，因他作賦凡八叉手而成之故。考場中每代人作。他號飛卿，太原人。他的詩多寫兒女子事，於他的樂府倚曲三十二篇中可見一斑，其中的蘭塘詞頗好：

塘水汪汪鳧唼喋，憶上江南木蘭檝。繡頸金鬟蕩倒光，團團皺綠雞頭葉。露凝卷荷珠靜圓，紫菱刺短浮根纏。小姑歸晚紅粧淺，鏡裏芙蓉照水鮮。東溝漪漪勞回首，欲寄一杯瓊液酒。知道無郎却有情，長教月照相思柳。

三洲詞則比蘭塘詞還要好：

團圓莫作波中月，潔白莫爲枝上雪，月隨波動碎潾潾，雪似梅花不堪折。李娘十六靑絲髮，畫帶雙花爲君結。門前有路輕別離，唯恐歸來舊香滅。

又題分水嶺云：『溪水無情似有情，入山三日得同行。嶺頭便是分頭處，惜別潺湲一夜聲。』

李商隱（八一三——八五八）字義山，懷州河內人。他每將兒女子的詩移到花草身上去。如贈荷花有句云：『此花此葉長相映，翠減紅衰愁煞人。』柳有云：『解有相思否？應無不舞時。』花下醉一首更能表出他的變態心理。花不過是一個象徵而已。詩云：『尋芳不覺醉流霞，倚樹沉眠日已斜。客散酒醒深夜後，更持紅燭賞殘花，』醉後還要賞花，而且所賞的還是殘花，他的興致眞不淺呀。

像温庭筠那樣，直接說到戀愛的，他的詩中也有不少；近人雪林考證他曾與女道士戀愛。只是他作詩時，喜歡『簡閱書册，左右鱗次，』所以作得隱晦，使人捉摸不到，人家便替他起個綽號，名叫『獺祭魚』，（見楊文公談苑）他的錦瑟詩，有人說錦瑟就是錦瑟，又有人說是令狐楚妓，還人說錦瑟是喻年華的；至於詩的本事呢，或云悼亡，或云憂國，也是解者紛紛，莫衷一是。其他寫戀愛的詩，大都題作無題，但寫女方心理的很多。彷彿近代無聊文人繪美女月份牌一樣，完全是無中生有，虛妄造作。（惟『昨夜星辰昨夜風』等三首頗眞摯。以其中有『嗟余』云云，大約是寫他自己的戀史。）今舉無題之一，寫春情閨思的，以見其作風之一班，『相見時難別亦難，東風無力百花殘。春蠶到死絲方盡，蠟炬成灰淚始乾。曉鏡但愁雲鬢改，夜吟應覺月光寒。蓬萊此去無多路，青鳥殷勤爲探看。』商隱還有一個忘年之交

韓偓，字致堯，小字冬郎，也善作艷體詩。他的詩集名香奩集，後來竟成爲「香奩體」。許多人倣效他。他也是寫女性的多，寫自己的少。最寫得好的，是女子的嬌羞；

但却不是嘲弄，是同情於女子的怯弱與不自由。如偶見云：『秋千打困解羅裙，指點醍醐索一尊。見客入來和笑走，手搓梅子映中門。』他的詩中寫自己的，如寄遠、個儂、五更、倚醉、有憶、寒食重遊李氏園亭有感、重遊曲江、病憶、舊館等都是，今錄寒食所作的那一首：『往年曾在鸞橋上，見倚朱闌詠柳綿。今日獨來香徑裏，更無人跡有苔錢。傷心闊別三千里，屈指思量四五年。料得他鄉遇佳節，亦應懷抱暗凄然。』從這首詩看來，可知他的詩是比商隱眞切些，淸新些。

杜牧（八〇三——八五二）京兆萬年人，情致豪邁，多學杜甫，故人稱之小杜。在晚唐競尙艷體之際，能獨標風格，實可欽服！所作夜泊秦淮等，均極秀麗，惟不至成爲靡靡之音。

參考：

（一）李長吉歌詩（賀揚霖校，大光書局出版。）

（二）溫飛卿詩集（通行石印本。）

（三）李義山詩箋注（會文堂石印本。）

（四）樂府詩集（宋郭茂倩，可看溫庭筠樂府倚曲。四部叢刊本。）

（五）香奩集（韓偓，北新書局劉復校點本。）

（六）杜樊川集（通行石印本）

（七）李義山戀愛事跡考（雪林女士，北新書局。）

（八）李長吉評傳（王禮錫，神州國光社。）

三　唐人小說

小說並不始於唐，但到了唐朝方始有意爲小說。唐以前的小說是當作信仰而記載的，態度很嚴肅，故文亦無情致，唐人小說則每逞才華，與漢魏六朝大異，且每以文人的幻想構成，態度自然也是文藝的而不是歷史的了。漢書藝文志所錄小說如虞初周說等，今均佚。所可見者，東方朔有神異經、十洲記，班固有漢武故事、漢武內傳，最著名。六朝文人則有曹丕的列異傳、張華的博物志、干寶的搜神記、陶潛的搜神後記等等，釋家則有王琰的冥祥記等，方士則王浮的神異記等。

唐人說薈搜集唐人小說甚多，但多錯誤：——

（一）攙入宋人作品　如，楊太眞外傳本宋樂史所作。託名曹鄴的梅妃傳亦宋人作。開河記、迷樓記、海山記，均北宋人所作。

（三）誤書作者姓氏　如，作虬髯客傳的杜光庭誤爲張說之類。

唐人小說多有爲後人採爲戲劇材料者，如陳鴻長恨歌傳爲元白樸梧桐雨、淸洪昇長生殿傳奇所本，白行簡李娃傳爲元曲江池明徐霖繡襦記所本，元稹會眞記爲金董解元西廂記諸宮調、元王實甫西廂記、關漢卿續西廂記、明李日華南西廂、陸采南西廂等所本，南柯太守傳爲明湯顯祖南柯記所本，李朝威柳毅傳爲元尙仲賢柳毅傳書，明許自昌橘浦記及淸李漁蜃中樓所本，蔣防霍小玉傳爲明湯顯祖紫釵記和紫簫記所本，虬髯客傳爲明淩初成虬髯翁及張鳳翼、張太和紅拂記所本，陳元祐離魂記爲元鄭德輝倩女離魂所本，沈既濟枕中記爲明湯顯祖邯鄲記所本，薛調無雙傳爲明陸采明珠記所本。（此外尚多，不及備舉）其實唐人小說最有情致的也要算長恨歌傳、李娃傳、會眞記、南柯太守傳、柳毅傳、霍小玉傳、虬髯客傳這幾篇。今再錄日本鹽谷溫氏李娃傳、南柯太守傳、霍小玉傳述略以示一斑，餘三篇因爲人所熟知，故從略。

李娃傳敘李娃爲長安名妓，與鄭生一見鍾情，相處甚歡。繼生資漸罄，姥意漸怠，設計遣之，生遂流落爲歌者。會生父至長安，聞其事，以爲辱，鞭之曲江之邊，以爲斃而棄之，後遇救得蘇，遂索食市中，適至李娃之家，娃見狀大慟，以繡襦擁而之西廂，放聲長慟，息絕復蘇。嗣後生發憤理舉子業，登甲科，與娃偕老。

南柯太守傳爲淳于棼晝寢槐樹之下，夢爲槐安國王之女壻而統治南柯郡之事。槐安國卽爲蟻之世界，此文絕似莊、列寓言，有諷人世營營之意。

柳毅傳敍儒生柳毅以上試落第，欲回湘濱故里，邂逅洞庭龍君之女，遂入龍宮，繼爲夫婦。其後復歸洞庭，成爲神仙。

霍小玉傳是中唐詩人李益的逸聞。霍小玉爲唐宗室霍王之庶子，後淪爲歌妓，自與李益相識，盟誓偕老。後益復訂婚王氏，與小玉絕音信。小玉憂思甚切。後有黃衫豪士堅邀益至小玉家一會，小玉見益，責其負心，一慟而絕。此節文字極淒怨：

玉乃側身轉面，斜視生良久，遂舉杯酒酹地曰，『我爲女子，薄命如斯；君是丈夫，負心若此。韶顏稚齒，飲恨而終，慈母在堂，不能供養，綺羅絃管，從此永休，痛徹黃泉，皆君所致。李君李君！今當永訣。我死之後，必爲厲鬼，使君妻妾，終日不安。』乃引左手握生臂，擲杯於地，長慟號哭，數聲而絕。

每句四字，句愈短愈顯言之哀，之斷續。末尾加上一段變鬼的事實是蛇足，大可刪去。

參考：

（一）太平廣記（宋李昉，掃葉石印本。）

（二）唐宋傳奇集（魯迅校點，北新。）

（三）中國短篇說小集第一集（鄭振鐸，商務。）

（四）唐人小說（汪辟疆，神州國光社。）
（五）遊仙窟（川島校點，北新。）
（六）中國小說史略（魯迅，北新。）
（七）中國文學概論講話（鹽谷溫著，孫俍工譯，開明。）

二三　詞家三李

詞家三李是李白、李煜、李清照。

李白據說是能作詞的，且推爲詞家之祖。藝苑卮言稱菩薩蠻、憶秦娥兩闋爲李白作，即以此爲詞之濫觴。但又有人說這兩首詞是僞作的。似以後說爲是。因爲就詞的發展徑路看來，到中唐方纔有意作詞。不然，何以自李白作詞後絕不聞盛唐有其他詞人呢？從此看來，我們知道詞是起源於中唐的。

李煜（九三六——九七七）是五代時南唐的後主，同時代的馮延己、韋莊詞都不及他。他的詞之所以被人稱讚者，便因爲是他自己生命的表白。他未亡國時的詞，只是些「爛嚼紅茸，笑向檀郎唾」的艷詞，充滿了富貴淫佚。但自亡國以後，詞便可貴了；因爲如今的李後主，是終日以淚洗面的李後主了。南唐爲宋太祖所滅，後主納降。身雖在宋，心實思念故國。因此他唱出許多「凄涼怨慕」的詞來：

無言獨上西樓，月如鉤。寂寞梧桐深院，鎖淸秋。剪不斷，理還亂；是離愁，別是一般滋味在心頭。（相見歡）

人生愁恨何能免？消魂獨我情何限！故國夢重歸，覺來雙淚垂！高樓誰與上？長記秋晴望；往事已成空，還如一夢中。（子夜歌）

簾外雨潺潺，春意闌珊，羅衾不耐五更寒。夢裏不知身是客，一晌貪歡。獨自莫凭欄，無限江山，別時容易見時難。流水落花春去也，天上？人間？（浪淘沙）

往事只堪哀，對景難排。秋風庭院蘚侵階。一行珠簾閒不捲，終日誰來？金劍已沉埋，壯氣蒿萊，晚涼天靜月華開。想得玉樓瑤殿影，空照秦淮。（浪淘沙）

春花秋月何時了，往事知多少。小樓昨夜又東風，故國不堪回首月明中。雕欄玉砌應猶在，只是朱顏改。問君能有幾多愁？恰似一江春水向東流。（虞美人）

爲了「故國不堪回首」一句話，引起宋太祖的怨恨；又爲了七夕生日，李煜燕飲聲伎，徹於禁中，引起宋太祖的惱怒；於是宋太祖命楚王元佐等賜酒，李煜便中了牽機藥的毒死去了。他的軀殼雖已死去，他的靈魂永遠不死，永遠寄託在他血和淚的詞裏。

李淸照（一〇八一——一一四〇？）一個宋代的女文學家，建她的名在她所作的漱玉詞上。她的詩、四六雜文都不見得好。如果說在她的詞外還應該有好的文學作品，那便是她的自敍傳金石錄後序。這篇是極眞率的敍述，令人讀時爲她生出許多悵惘的同情。更給人以方便的，便是她這篇文章可以幫助人對於她的詞有更深的了解。我從她的詞上看出她的藝術特點，又從她的詞和金石錄後序上看出她的性格。

這裏且先說她的性格。我覺得她是能從痛苦中體會到快樂的，她是有積極性的。雖然在她的詞裏一大半說的是哀傷的話，但我却從哀傷的話中看她對於她的愛人的戀慕，只要她的愛人遠別歸來，這哀傷便立刻可以化爲喜悅，可見她的哀傷並非質地如此，只於是偶然的現象。再明白地說，她的詞中找不出一句消極的話，只於是祈求的戀愛，而沒有拒絕人間快樂表現。況且，像她這樣性情豪爽的人，更那會有愁悶？像她那樣幸福，能得着趙明誠，文學上的同志，做她終身的伴侶，更那會有深灰的色彩表現在她的詞裏呢？我所見到的她的性格是如此，今且將她的作品來證明。她和她的愛人可以說是患難的伴侶，他們都是愛讀書的，起先家貧時連當衣服都要買書來看。後來她丈夫做官，書便買得愈多。他們倆便終日坐在歸來堂裏看書，共同校勘，一直要弄到夜深方罷。像他們這樣的結合，眞是令人妒忌而且羨慕，他們愛情的熱度也就可以推想而知了！在她的詞中，大半是戀詩。因了她丈夫遠出，連頭都懶得梳了，眞如詩經上所說，『自伯之東，首如飛蓬』呵！我們看，她的詞中有好幾處說到她懶得梳頭，例如：閨情云，『起來慵自梳頭；』春暮云，『髻子傷春慵更梳；』春晚云，『日晚倦梳頭。』

至於她性情的豪爽，我們從她的自敍傳裏也可以看到。以一個身體孱弱的女子，竟能隻身奔波，到處爲家，眞可佩服！她自丈夫死後，到處避難，時而到剡，時而到杭，以及台、睦、溫、越、黃巖、章安，……都不以爲苦。從她的詞又可以知道她愛飲酒：春情云，『扶頭酒醒，別是閒滋味；』酒興云，『沈醉不知歸路；』酒與之二云，『濃睡不消殘酒；』九日云，『東籬把酒黃昏後；』春暮云，『愁濃酒惱；』離情云，『酒意詩情誰與共；』鷓鴣天云，『酒闌更喜團茶苦；』漁家傲云，『莫辭醉；』玉樓春云，『要來小酌便來休；』慶清朝慢云，『金尊倒。』

她曾作過詞論，對於蘇、黃等詞人，都加了譏評，可見她的自負不凡。從她的記夢裏也可以看到：『彷彿夢魂歸帝所，天語殷勤，問我歸何處。我報路長嗟日暮，學詩漫有驚人句，九萬里風鵬正舉，風休住，蓬舟吹取三山去。』

總之，她是個富於情感的人，豪爽起來便帶着男性，愁悶起來又帶着女性；胸懷洒脫，放蕩不拘，總能將她的人格眞誠的表現出來，而她的詞之所以有價値，亦卽在此。

現在再說她的藝術特點。岑嘉州善寫沙場，陶淵明善寫菊花，我們的詞人却善用

『誰』字。好的詞總是婉委曲折的，而誰字正是一個轉折的字，所以她極愛用這個字。她的詞也因用這「誰」字而更加柔婉了。她用這字的地位也大變，大都是放在後半闋倒數第二、三句上。例如：

紅藕香殘玉簟秋。輕解羅裳，獨上蘭舟。雲中『誰』寄錦書來？雁字回時，月滿西樓。——別怨

夢斷漏悄，愁濃酒惱，寶枕生寒，翠屏向曉。門外『誰』掃殘紅？夜來風。——春暮

帝里春晚，重門深院，草綠階前，暮天雁斷。樓上遠信『誰』傳？恨綿綿！——春暮之二

暖雨和風初破凍，柳眼梅腮，已覺春心動。酒意詩情『誰』與共？淚融殘粉花鈿重。——離情

庭院深深深幾許，雲窗霧閣春遲。爲『誰』憔悴瘦芳姿？夜來春雨好，應是發南

枝。——臨江仙

此外她的詞中，我最愛她的酒興之二：

昨夜雨疏風驟，濃睡不消殘酒。試問卷簾人，却道：『海棠依舊！』『知否知否，應是綠肥紅瘦？』

在這樣短的一首詞裏，能寫出一件故事，眞是難得之作。秋情的十四疊字，有八字『淸淸，淒淒，慘慘，戚戚，』都是『雙聲』，宛如雨聲，我也極喜愛。春暮之三極嫵媚，也是她眞率的表現。又如夢令簡直是白話：

誰伴明窗獨坐？我共影兒兩個。燈盡欲眠時，影也把人拋躲。無那，無那，好個悽涼的我！

其他修辭一方面，也有許多好句，我且隨便一些出來：

人似黃花瘦——九日

裊裊娉娉何樣似？一縷輕雲。——閨情（以上顯比）

被翻紅浪——閨情

柳眼梅腮——離情

寵柳嬌花——春情（以上隱比）

惟有樓前流水，應念我終日凝眸。——閨情

只恐雙溪舴艋舟，載不動許多愁。——春晚

此情此恨此際，擬託行雲，問東君。——春暮（以上擬人）

萬千心事難寄——春情（遷德）

我所見到的是如此。現在再總說兩句：她的人生觀是積極的，她的藝術表現是眞摯的，而修辭也是極不苟且的。她的學問、環境、性情使她造成一個光輝的詞家。

參考：

（一）南唐二主詩詞（賀揚靈校點，大光書局。）

（二）李清照及其漱玉詞（胡雲翼校點，中國文化服務社。）

（三）金石錄後序（見謝無量中國婦女文學史所引。）

二四　北宋詞人

論詞者每稱宋詞，其實宋詞中也只有北宋好，南宋僅辛幼安一人而已，其餘如吳文英等賣弄典實，雜湊成章，都是沒有性靈的東西。這「性靈」在人間詞話稱爲「境界」。王國維在此書中說：『詞以境界爲最上。有境界則自成高格，自有名句。北宋之詞所以獨絕者在此。』北宋詞人以柳永、秦觀、晏小山、張先、歐陽修爲正宗，他們都可說是婉約一派的，其餘晏殊失之端重，東坡失之粗豪，清眞失之舖敘，都非作詞正格。今將這八個詞人的詞各加論列：

晏殊（九九一——一〇五五）字同叔，臨川人，康定間拜集賢殿學士，同中書門下平章事，兼樞密使。因爲他做大官，所以他養尊處優，吃得心廣體胖，他的詞也就失去了生活力，只是誇誇自己富貴。他只想活千千歲，萬萬歲，別的一概不管。老實說，他是詞界的俗人。雖然李白也是惜陰的，但總不像他這樣富貴氣重。劉貢父說他的詞受了馮延己的影響，我以爲這話只有二三分對。他只學會馮延己的壽山曲，於是便做出許多「多福莊嚴，富貴長年」「世間榮貴月中人，嘉慶在今晨」這些話來。他又只學會馮延己的「相逢攜酒且高歌，人生得幾何！」（喜遷鶯）「年少，年少，行樂直須及早，」（三台令）於是他又說出許多類似的話：

為別莫辭金盞酒，……不知重會是何年。——點絳脣

一向年光有限身。——點絳脣

人生樂事知多少？且酌金盃。——採桑子

時光只解催人老。——採桑子

惜芳時。——酒泉子

暮去朝來卽老，人生不飲何爲？——清平樂

春花秋草，只是催人老。——清平樂

畫鼓聲中昏又曉，時光只解催人老。——漁家傲

他所怕的就是催人老，所以他的詞中常可發見這三個字。他的希望是多享幾年庸福，最好能『長壽比神仙』（燕歸梁）。其實，馮延已那裏是他所能及！馮延已的詞彷彿離魂倩女，又好似爐鳥輕煙，他寫的是月下的淒清，少女的迷夢，像：『夢裏佳期，祇許庭花與月知。』（上行杯）『獨立階前星又月，簾櫳偏皎潔。霸樹盡空枝，腸斷丁香結。』（醉花間）此等句子，老晏何能夢見？

歐陽修（一〇〇七——一〇七二）字永叔，廬陵人。他雖以太子少師致仕，他的詞却很浪漫，一點官氣也沒有，人家因為他的古文是護道的，便想替他辨護。指一些較豔的詞算是僞作，實在無謂。在詞裏他纔露出他的赤裸裸的性格，在古文裏是受傳統思想束縛以後的表現。他的西湖詞有十首，其中以『輕長短棹西湖好』與『羣芳過後西湖好』二首為最好。又有漁家傲十二首，詠十二月的景色，頗似小調結構。宋詞研究說他的牛郎與織女（調亦用漁家傲）彷彿敘事時，我也找出一闋漁家傲，是詠蘇小妹的，也

可以算是敍事詩，不過比牛郎與織女更短了。詞云：『妾本錢塘蘇小妹，芙蓉花共門相對。昨日爲逢青傘蓋，慵不採，今朝斗覺凋零嬾。愁倚畫樓無計奈，亂紅飄過秋塘外。料到明年秋色在，香可愛，其如鏡裏花顏改。』他的抒情詞好的很多，今選錄數首：

別後不知君遠近，觸目凄涼多少悶。漸行漸遠漸無書，水闊魚沈何處問？夜深風竹敲秋韻，萬葉千聲皆是恨。故欹單枕夢中尋，夢又不成燈又燼。——玉樓春

花似伊，柳似伊，花柳青春人別離。低頭雙淚垂。長江東，長江西，兩處鴛鴦兩處飛。相逢起幾時！——長相思

深花枝，淺花枝，深淺花枝相並時。花枝難似伊！玉如肌，柳如眉，愛著鵝黃金縷衣。啼粧更爲誰？——長相思

鳳髻金泥帶，龍紋玉掌梳。走來窗下笑相扶，愛道：『畫眉深淺入時無？』弄筆偎人久，描花試手初，等閒妨了繡工夫，笑問：『雙鴛鴦字怎生書？』——南歌子

這四首詞都是婉約的。南歌子雖稍豔，不失爲好詞。

張先（九九〇——一〇七八）字子野，吳興人。官至都官郎中，故有「桃李嫁東風郎中」和「雲破月來花弄影郎中」之名。他別號張三中，三中即心中事、眼中淚、意中人；又號張三影，因他有三影字句頗自鳴得意，三影是「雲破月來花弄影」（天仙子），「嬌柔嬾起，簾壓殘花影」（歸朝歡，一作『簾幕捲花影』），「柳徑無人（一作『柔柳搖搖』），墮輕絮無影」（翦牡丹，舟中聞雙琵琶）。（據葛遵禮中國文學史則云三影是「雲破月來花弄影」，「浮萍破處見山影」（華州西溪詩），「隔牆送過秋千影」（青門引），因其攔入詩句，大約是錯誤的。）此外的影字句尚有『中庭月色正淸明，無數楊花過無影』（乙卯吳興寒食）和『橫塘水靜花窺影』（吳興）。他的詞可以天仙子代表：『水調數聲持酒聽，午醉醒來愁未醒。送春春去幾時回？臨晚鏡，傷流景，往事悠悠空記省。沙上並禽池上瞑，雲破月來花弄影。重重翠幕密遮燈，風不定，人初靜，明日落紅應滿徑。』此詞將一番寂寞的心情寫得好極，無怪成了名作。此外他的詞大多不甚顯豁，也許是缺乏表現力之故罷？

柳永（九九〇？——一〇五〇？）初名三變，字耆卿，崇安人。他的詞和元、白的詩一樣的流行。葉少蘊云：『嘗見一西夏歸朝官云：「凡有井水處卽能歌柳詞。」』所以能如此流行的原故，就由於他用白話（甚至於俗語）作詞。可舉慢紬卷前半為例：『閑窗燭暗，孤幃夜永，欹枕難成寐。細屈指尋思，舊事前歡都來，未盡平生深意。到得如今，萬般追悔，空祇添憔悴。對好景良辰，皺着眉兒，成甚滋味。』所謂「到得如今」、「空祇」、「眉兒」都是白話。又如傾盃樂後半簡直可與時行小調相混：『朝思暮想，自家空恁添情瘦。算到頭，誰與伸剖？問道我別來為伊牽繫，度歲經年，偷眼覷也不敢覷花柳。可惜恁好景良宵，未曾略展雙眉暫開口。問甚時與你深憐痛惜還依舊？』他用白話作詞固是一種特點，此外他還有兩種特點，一種是關於性情上的，甯可不做官，不可不嫖妓；一種是關於作品上的，詞多淫媟，『鴛被』二字在他詞中大約可發見四五十處之多。先說性情。蘇軾說李後主破陣子『最是倉皇辭廟日，教坊猶奏別離歌，揮淚對宮娥』為情痴，責他『當痛哭於九廟之外，謝其民而後行。』（見東坡志林）不知柳永也是如此。他曾作過鶴冲天，內有句云：『忍把浮名換了淺斟低唱！』後來仁宗取士，他去應考，『臨軒放榜，特落之曰：「此人風前月下，好去淺斟低酌，何要浮名？」』（能改齋漫錄）因此官便做不成了。類此的話在詞中常可看到。如征部樂云：『便是有舉塲消息，待這回好好憐伊，更不輕折。』又紅窗睡云：『如何向名利役，歸期未定。』再說他的作品。毛晉說他善寫『閨帷淫媟之語』，眞是一些也不錯。這裏且舉幾首比較雅緻的：

昨宵裏恁和衣睡，今宵裏又恁和衣睡。小飲歸來初更過，醺醺醉。中夜後，何事還驚起？霜天冷風細細，觸疎窗，閃閃燈搖曳。空牀展轉重追想，雲雨夢，任攲枕難繼。寸心萬緒，咫尺千里，好景良天，彼此空有相憐意，未有相憐計。——婆羅門令

明月，明月，明月！何事乍圓還缺？恰好年少洞房人，歡會依前離別。小樓凭檻處，正是去年時節。千里清光又依舊，奈夜永厭厭人絕。——望漢月

一夜狂風雨，花英墮碎紅無數。垂楊謾結黃金縷，儘春殘，縈不住。蝶稀蜂散知何處？殢尊酒，轉添愁緒。多情不慣相思苦。休惆悵，好歸去！——歸去來

此外還有許多大胆的描寫，肉的氣息極濃厚。如蝶戀花、迎春樂、殢人嬌、小鎮西、菊花新等都是。他的結局胡雲翼宋詞研究中有一段話談到，甚美：『這般的流浪，這般的沈醉於歌舞場，以了殘生，一代的詞人柳耆卿終於在湖北襄陽停止他的生命創造了。他死後蕭條，葬資亦無所出，羣妓爭醵金葬之於棗陽縣花山。每遇清明時節，多載酒肴飲於耆卿墓側，謂之弔柳會。漁洋詩云：「殘月曉風仙掌路，何人爲弔柳屯田？」耆卿雖潦倒一生，而得名妓之崇愛，死後猶眷念不忘，也許耆卿在九泉下要微笑吧！』他的雨霖鈴最著名，所謂『尤工於羈旅行役』是也。（陳質齋評語）今全錄如下：『寒蟬淒切，對長亭晚。暮雨初歇。都門悵飲無緒，方留戀處，蘭舟催發。執手相看淚眼，竟無語凝咽。念去去千里煙波，暮靄沈沈楚天闊。多情自古傷離別，更那堪冷落清秋節？今宵酒醒何處，楊柳岸，曉風殘月。此去經年，應是良辰好景虛設。便縱有千種風情，更與

何人說？』類此的長詞很多。從柳永起始作長調，以前的人大都作小令的。

晏幾道（一〇五〇？——一一二〇？）是殊的幼子，作風却與他父親迥不相同。他的詞清新有致，每每一首詞中能表現一個戀愛故事，倘若讓我來瞎比例，怕有點近於日本白樺派的小說吧？我們且舉幾首詞來爲例。有一首南鄉子說的是一個女子與情人在池邊私會：『小蓮愛春風，日日宮花花樹中。恰向柳綿撩亂處，相逢，笑靨傍邊心字濃。歸路草茸茸，家在秦樓更近東。醒去醉來無限事。誰同？說着西池滿面紅。』又有一首南鄉子寫男子無情，女兒薄命：『花落未須悲，紅蕊明年又發枝。唯有花間人別後，無期，水闊山長雁字遲。今日最相思，記得攀條話別離，共說春來春去事，多時。一點愁心入翠眉。』又有一首南鄉子寫的是一個女子深深的想念她的情人，恐怕他變心，便寫信去責問他：『眼約也應虛，昨夜歸來鳳枕孤。且據如今情分裏，相期，只恐多時不似初，深意託雙魚，小剪蠻箋細字書。更把此情重問得：「何如？共結因緣久遠無？」』還有一首阮郎歸也是寫棄婦之情的：『舊香殘粉似當初，人情恨不如。一春猶有數行書，秋來書更疏。衾鳳冷，枕鸞孤，愁腸待酒舒。夢魂縱有也成虛，那堪和夢無！』點絳脣前半寫離別，後半寫別離情景：『明月征鞭，又將南陌垂楊折。自憐輕別，拚得音塵絕。杏子枝邊，倚徧闌干月，依前缺。去年時節，舊事無人說。』最著名的鷓鴣天前半寫當年情濃，後半寫別後思量：『彩袖慇勤捧玉鍾，當年拚却醉顏紅。舞低楊柳樓心月，歌罷桃花扇底風。從別後，憶相逢，幾囘魂夢與君同。今宵剩把銀缸照，猶恐相逢是夢中。』此外他的詞中也時有佳句，如：臨江仙，『相尋夢裏路，飛雨落花中。』蝶戀花，『斜貼綠雲新月上，彎環正是愁眉樣。』又同調，『衣上酒痕詩裏字，點點行行，總是淒涼意。』又同調，『欲寫彩箋書別怨，淚痕早已先書滿。』生查子，『無處說相思，背面鞦韆下。』又同調：『忍淚不能歌，試託哀絃語；絃語願相逢，知有相逢否？』更漏子，『人去日，燕西飛，燕歸人未歸。』他的詞大都是如此平淡輕柔，別有一種所謂天鵝絨般的意致。毛晉最佩服他，竟說他的詞『直逼花間，字字娉娉嫋嫋，如攬嬙、施之袂，恨不能起蓮鴻蘋雲按紅牙板唱和一遍。』

蘇軾（一〇三六——一一〇一）字子瞻，眉山人，他的詞很豪放，陸游說：『試取東坡諸詞歌之，曲終覺天風海雨逼人。』這是稱讚他的。吹劍續錄說：『東坡在玉堂日，有幕士善歌。因問：「我詞比柳卿者何如？」對曰，「柳郎中詞只合十七八女郎按紅牙拍，歌楊柳岸曉風殘月。學士詞須關西大漢，執鉄綽板，唱大江東去。」』坡仙集外紀說：『東坡問陳無己，「我詞何如少游？」無己曰「學士小詞似詩，少游詩似小詞。」』這都是譏誚他的。我們且舉赤壁懷古（念奴嬌）以見其豪放的作風：『大江東去，浪淘盡千古風流人物。故壘西邊，人道是三國孫、吳赤壁。亂石崩雲，驚濤掠岸，捲起千堆雪。江山如畫，一時多少豪傑。遙想公瑾當年，小喬初嫁了，雄姿英發。羽扇綸巾，談笑間檣櫓灰飛煙滅。故國神遊，多情應笑我早生華髮。人間如夢，一尊還酹江月。』其實他的詞也不盡是『大江東去』之類的，我們只須看他的卜算子便可知道：『水是眼橫波，山是眉峯聚。欲問行人在那邊，眉眼盈盈處。纔是送春歸，又送春歸去。若到江南趕上春，千萬和春住。』再看他的蝶戀花，更可知道他也有極溫婉的詞：

『花褪殘紅青杏小，燕子飛時，綠水人家繞。「枝上柳綿」吹又少，天涯何處無芳草？架上鞦韆牆外道，牆外行人，牆裏佳人笑。笑漸不聞聲漸杳，多情却被無情惱！』故王士禎替東坡辨護說：『「枝上柳綿」，恐屯田緣情綺靡，未必能過。孰謂坡但解作「大江東去」耶？』

秦觀（一〇四九——一一〇〇）字少游，高郵人，與黃庭堅詞齊名，時稱秦七黃九。其實黃不及秦遠甚。他的詞多學李後主，友人萬曼與我同見，曾給我一信，論此甚當：『昨天又翻出淮海集，看出幾點是受李後主的影示的。如河傳云，「丁香笑吐嬌無限，」和李後主的一斛珠相似，「繡牀斜凭嬌無那，爛嚼紅茸，笑向檀郎唾。」八六子云，「倚危樓，恨如芳草，萋萋剗盡還生。」和後主的清平樂相似，「離恨卻如春草，更行更遠還生。」江城子云，「便做春江都是淚，流不盡許多愁。」和後主的虞美人相似，「問君能有幾多愁？恰似一江春水向東流。」』他的詞雖有點似李後主，但他也有兩種特點，其一是有畫意，其二是有眞情。有畫意的詞是『水邊燈火漸人行，天外一鈎殘月，帶三星。』（切心字，南歌子贈陶心兒。）又，『斜陽外，寒鴉數點，流水繞孤村。』（滿庭芳）他的有眞情的詞就是『可堪孤館閉春寒？杜鵑聲裏斜陽暮。』（踏莎行，柳州旅舍）王國維最佩服這兩句，在人間詞話裏，曾三次提及。

周邦彥（一〇五六——一一二一）字美成，號淸眞。錢塘人。雖然他是懂得音律的人，曾做大晟樂正，我總覺得他的詞過於造作。人間詞話評云：『美成深遠之致不及歐，秦，……創調之才多，創意之才少。詞忌用代字，美成解語花之「桂華流瓦」，境界極妙，惜以桂華二字代月耳，……其所以然者 非意不足，則語不妙也，蓋意足則不暇代，語妙則不必代。……沈伯時樂府指迷云：「說桃不可直說破桃，須用紅雨劉郎等字。說柳不可直說破柳，須用章台灞岸等字。」若惟恐人不用代字者。果以是爲工。則古今類書具在，又安用詞爲耶？』周邦彥的詞每喜於尺幅之中見千里，百字以內的字盤旋好幾次，抵得幾千字的散文，致使詞意晦澀，實是大病。

參考：

（一）宋六十名家詞（上海雜誌公司鉛印本，內收有晏殊珠玉詞、歐陽修六一詞、柳永樂章集、晏幾道小山詞、蘇軾東坡詞、秦觀淮海詞、周邦彥片玉詞等。可供參考。）

（二）張子野詞（四部備要單行本，中華。）

（三）北宋詞人（鄭振鐸插圖本中國文學史第二十五章，商務。）

（四）宋詞研究（胡雲翼，中華書局。）

（五）人間詞話（王靜安，樸社新式標點本。此書雖短，見解極是。）

（六）白香詞譜箋（舒夢蘭，文明書局。）

（七）宋初詞人（臺靜農，中國文學研究。）

（八）中國詩史大綱上卷（胡雲翼，北新書局。）

（九）小山詞（晏幾道，賀楊靈校，大光書局。）

二五　南宋詞人

南宋的詞不及北宋遠甚，像少游小山之流的婉約詞風是再也看不見了。所有的不是豪放的詞，便是雕琢的詞；前期的詞人像辛棄疾、劉過、陸游都是豪放的，後期的詞人像姜夔、吳文英都是雕琢的。這也難怪，泰納說過，文學與時代是有密切關係的。宋室南渡，國事蜩螗，金人腥羶，遍染山河大地，怎得不使有志之士，咬牙切齒，攘臂疾呼？所以辛棄疾輩纔有豪放的詞作出來。到了後來虧得岳飛的英武和赤心，纔把宋室弄成個偏安之局，使金人不敢再渡黃河。於是大家又早把國事丟在腦後，依前是歌舞昇平，萬民同樂，況當國運將衰，必生妖孽，於是便產生出吳文英這一般雕刻師來仔仔細細雕刻那徒美外觀的花紋。這條歧路，可比晚唐的詩走得更遠了。

辛棄疾（一一四〇——一二〇七）字幼安，號稼軒，山東歷城人，與李易安是同鄉，且受她的影響，詞中常有仿易安體作的詞。他的生活波瀾起伏很大，不是平凡的。他的詞之作風，於他一生很有關係。有僧義端，喜談兵事，棄疾偶爾也同他往來。後來他在耿京軍中，義端亦聚衆千餘。棄疾因為和他認識，便去勸他歸京。誰知一晚他竟竊印而逃。耿京大怒，因爲這人是棄疾推薦的，便要殺棄疾。棄疾說：『請您給我三日期限！捉不住義端，再殺我也不遲。』他揣奪義端必以虛實奔告金人。急追獲之。義端說：『我能相面，我知你是青兕，力能殺人，請勿殺我。』棄疾把他的頭砍了下來，立卽回報耿京。這是他少年時的事，竟有如此的魄力！且爲愛祖國，努力前奔，追殺義端，尤爲可佩！他雖是這般豪俠，有這一片赤心，朝廷卻不能用他，他只好嘆古興懷，借他人酒杯，澆自己塊壘：

何處望神州？滿眼風光北固樓。千古興亡多少事，悠悠，不盡長江滾滾流。年少萬兜鍪，坐斷東南戰未休，天下英雄誰敵手？曹，劉，生子當如孫仲謀。——南鄉子登京口北固亭

他雖是一片雄心，朝廷中卻終不得大用，於是他更作鷓鴣天：『壯歲旌旗擁萬夫，錦襜突騎渡江初；燕兵夜娖銀胡䩮，漢箭朝飛金僕姑。追往事，嘆今吾，春風不染白髭鬚。卻將萬字平戎策，換得東家種樹書。』從他這首詞看來，他眞是老當益壯，以閒居

退隱爲恨事，無怪乎他的詞中常念到『金印斗大』了。除了他的豪放的詞外，我最歡喜他幽默的詞。且舉幾首來看看：遣興（西江月）後半云，『昨夜松邊醉倒，問松：「我醉何如？」只疑松動要來扶，以手推松曰，「去！」』落齒（卜算子）云，『剛者不堅牢，柔的難摧挫。不信張開口角看，舌在牙先墮。已闕兩邊廂，又豁　間個。說與兒曹莫笑翁，狗竇從君過。』族姑慶八十來索俳語（品令）後半云，『莫獻壽星香燭，莫祝靈椿龜鶴，只消得把筆輕輕去，十字上，添一撇。』嘲道士（柳梢青）云，『莫鍊丹。難！黃河可塞金可成，難！休辟穀。難！吸風飲露長忍飢，難！勸君莫遠遊。難！何處有西王母？難！休採樂。難！人沈下土我上天，難！』嘲陳莘叟憶內（尋芳草）云，『有得許多淚，更閒卻許多鴛被。枕頭兒放處，都不是舊家時；怎生睡？再也沒書來，那堪被雁兒調戲！道無書卻有書中意，排幾個人人字。』又有一首用莊語（卜算子）前半頗似阿Q神氣：『一以我爲牛，一以我爲馬；人與之名受不辭，善學莊周者。』這種幽默成分，在唐人詩中是很難找出來的，即在宋詞，亦不過稼軒一人而已。

陸游（一一二五——一二一〇）字務觀，山陰人，他的詞不及詩，但豪壯之氣，溢於言外，卻是時代產物！今選錄數首：

雪曉清笳亂起，夢遊處不知何地。鐵騎無聲望似水，想關河雁門西，清海際。睡覺寒燈裏。漏聲斷，月斜窗低。自許封侯在萬里，有誰知！鬢雖殘，心未死。——夜遊宮

中原當日山川震，關輔同頭煨燼。淚盡兩河征鎮，日望中興運。秋風霜滿青青鬢，老卻新豐英俊。雲外華山千仞，依舊無人問。——桃園憶故人

壯歲從戎，曾是吞殘虜。陣雲高狼煙夜舉。朱顏青鬢，擁雕戈西戍。笑儒冠自來多誤。功名夢斷，卻泛扁舟吳、楚。漫烟歌傷懷弔古，煙波無際，望秦關何處。嘆流年又成虛度。——謝池春

這三首詞中，尤以桃園憶故人最後二句『雲外華山千仞，依舊無人問』為最沈痛。秦檜一流人倘見及此，能不愧煞！其他兩首，以英雄自許，可知他也是一個很可惋惜的埋沒

了的志士。看不出他這樣頹放的一個文人，骨子裏卻是一個有心肝有血氣的男子！

劉過（一一五〇？——一二二〇？）是辛棄疾的崇拜者，字改之，廬陵人，曾爲棄疾幕客。他的詞張路分秋閱作（沁園春）可爲代表：『萬馬不嘶，一聲寒角，令行柳營。見秋原如掌，槍刀突出，星馳鐵騎，陣勢縱橫。人在油幢，戎韜總制，羽扇從容裘帶輕。君知否，是山西將種，曾繫詩名？龍蛇紙上飛騰。看落筆四筵風雨驚。便塵沙出塞，封侯萬里，金印如斗，未愜平生！拂拭腰間，吹毛劍在，不斬樓蘭心不平。歸來晚，聽隨軍鼓吹，已帶邊聲。』

姜夔（一一五五？——一二三〇？）字堯章，鄱陽人，流寓吳興，不第而卒。他善吹簫，自製曲，曲多詠孤山梅。王國維說：『白石暗香疏影格調雖高，然無一語道著。』又說：『白石寫景之作如「二十四橋仍在波心蕩，冷月無聲，」「數峯清苦，商略黃昏雨，」「高樹晚蟬，說西風消息，」雖格韻高絕，然如霧裏看花，終隔一層。梅溪、夢窗諸家寫景之病，皆在隔字。』

吳文英（一二〇五？——一二七六？）字君特，四明人。雖然像『何處合成愁，離人心上秋』等詞未始沒有，但終是雕琢的多。故張炎評他『如七寶樓台，眩人眼目，折碎下來，不成片段。』又王國維以他自己的詞給了他六個大字的評語，叫做『映夢窗凌亂碧，』意與張炎語相同。

參考：

（一）宋六十名詞選（可選讀辛棄疾稼軒詞，陸游放翁詞，劉過龍洲詞。吳文英夢窗四稿可緩讀。）

（二）辛棄疾的生平（王伯祥，星海上，商務。）

（三）蘇辛詞、周姜詞（葉紹鈞校點，商務學生國學叢書本。）

（四）詞史（劉毓盤，羣衆圖書公司。）

二六　宋散文家——歐蘇曾王

自從唐順之茅坤等選了唐宋八大家文章以後，於是歐、蘇、曾、王便在古文上佔了絕大的勢力，明如歸、茅、王、唐、淸如方、劉、姚、錢都從這一脈傳遞下去。歐是歐陽修，蘇是蘇洵、蘇軾、蘇轍父子，曾是曾鞏，王是王安石。他們的文章，和韓柳一樣，都是平易近人的單行文字，至少比那些駢文驪語、六朝唐賦總好得多。

歐陽修的文章和詞一樣，也是很『婉約』的。所以蘇洵寫給他的信稱揚他說：『執事之文，紆餘委備，往復百折，而條達舒暢，無所間斷；氣盡語竭，急言竭論，而容與閑易，無艱難勞苦之態。』這『紆餘委備，往復百折』八個大字，確是歐文的評。童蒙訓稱他『紆徐委曲，說盡事理，』愈足證老泉之評爲適當。他是情感很豐富的人，所以散文也更近於詩。魏禧日錄論文對於他有一個很美麗的比喻，說是如同『秋山平遠，春谷倩麗，園林池沼，悉可圖畫。』劉熙載文概亦稱他『幽情雅韻，得騷人之指趣爲多。』他雖是行文美麗，他却不是住在『象牙之塔』裏的純粹詩人，他也要站在『十字街頭』的。他有的是博大的同情心，他不是如王爾德所說，那個不許兒童入園玩耍的『自私的巨人』，他總存着一個『先天下之憂而憂，後天下之樂而樂』的心。我們看他著名的代表作醉翁亭記，不是說『負者歌於塗，行者休於樹，前者呼，後者應，傴僂提攜，往來而不絕』的盡是滁人麼？這不是『與民同樂』麼？就是豐樂亭記、眞州東園記又何嘗不是這個意思？前者明明大書着『與民同樂』，而後者也這樣寫着：『予以爲三君子之材，賢足以相濟，而又協於其職，知所後先，使上下給足，而東南六路之人，無辛苦愁怨之聲，然後休其餘閑，又與四方之賢士大夫，共樂於此，是皆可嘉也。』不但從社會的設施上，他肯替人民設想，就是一切事，他都是懷着一種『悲天憫人』的態度，這在他的五代史諸論裏可以看到。故李耆卿文章精義說：『歐陽永叔五代史贊，首必有「嗚呼」二字，固是世變可嘆，亦是此老文字，遇感慨處便精神。』又，劉熙載文概說，『歐陽公五代史諸論，深得畏天憫人之旨，蓋其事不足言，而又不忍不言，言之怫於己，不言無以懲於世。情見乎辭，亦可悲矣。公他文亦多惻隱之意。』他的作品中，可稱得美的散文者，當然要算醉翁亭記和秋聲賦，連英人 Giles 在他所著的中國文學史中亦譯此二篇以作代表。此外祭石曼卿文、送楊寘序、釋祕演詩集序均高逸有致。

本來歐陽就是一個高逸的人，他酷愛一千卷集古錄、一萬卷書、一張琴、一局棋、一壺酒、連他自己一老翁，因名六一先生，（參看他自己的六一先生傳）那麼見着好酒和書的石曼卿和祕演，好琴的楊寘，怎能不使他陶醉，怎能不使他共鳴呢？

三蘇中自以蘇軾爲傑出，他的前、後赤壁賦幾乎凡讀過古文的人，沒有一個不知道的，他的文也和他的詞一樣，很隨便的，任其性的所至，筆之所之，他一毫也不管，倘非有大才力的人，豈能至此？所以文章精義稱他文如潮水，隨涌隨來，並無一定，日錄論文則稱其『如長江大河。』文概說他的『文只是拈來法，此由悟性絕人，故處處觸着，』也只是說他作文隨意。因爲放蕩不羈，自然文章也英爽而有豪氣。他在赤壁賦裏引曹孟德的詩，恐怕他也有點孟德風罷．他的短文記先夫人不殘烏雀、答秦太虛是更近於純文學的，記承天寺夜遊更佳，原文不滿百字，錄如下：『元豐六年十月十二夜，解衣欲睡；月色入戶，欣然起行。念無與樂者。遂步至承天寺，尋張懷民。懷民亦未睡，相與步於中庭。庭中如積水空明，水中藻荇交横，蓋竹柏影也。何夜無月，何處無竹柏，但少閒人如吾兩人耳。』此文即擬之於柳宗元小石潭記，亦無愧色。蘇洵字明允，號老泉，他是個策略家，不好算是一個文人，他的文章如『奪氣酷吏，南面發令，』是理知多於情感的。蘇轍字子由，深沈恬澹，爲文多秀傑之氣，似有得於歐公者。

曾鞏字子固，南豐人，於唐、宋八大家爲最不出色。他也是學歐陽修的，修詞鑑衡說他『紆餘委曲，說盡事情，』竟與童蒙訓評歐公語相似，僅差一、二字。文概也說『歐、曾來得柔婉。』

王安石（一〇二一——一〇八六）字介甫，號半山，臨川人，文章有精悍之氣，似其爲人。他變用新法，雷厲風行，勇往直前，不稍假借，做文章也是這樣的。他很反對荀卿的狂傲，但他自己却也「未能免俗」，以至於人家替他起個「拗相公」的綽號。（京本通俗小說第十四卷就是敍他的事。）他爲文之似荀卿，是當然的事。所以文概說：『柳州作非國語，而文學國語；半山謂荀卿好妄，荀卿不知體，而文亦頗似荀子。文家不以訾衞爲棄取，正如東坡所謂「我憎孟郊詩，復作孟郊語」也。』他和蘇洵一樣，也是偏於埋知的，他覺得文章須當濟世，說句時髦的話，他是主張「人生的藝術」的。他的上邵學士書說：『某嘗患近世之文，辭勿顧於理，勿顧於事，以襞積故實爲有學，以雕繪語句爲精新，譬之擷奇花之英，積而玩之，雖光華馨采，鮮縟可愛，求其根柢濟用，則蔑如也。』

參考：

（一）文學津梁（文正書局，內包有文概、日錄論文、文章精義等。）

（二）唐宋八大家古文（掃葉山房）

（三）古文評註補正（過珙，蔡鑄，商務。）

（四）古文觀止（通行本。）

二七　宋詩家——蘇軾與陸游

宋代詩不如詞，因之比唐詩差得多。詩人也不及唐代多。北宋有王禹偁、歐陽修、蘇舜欽、梅堯臣、王安石、蘇軾、黃庭堅、陳師道、陳與義等，今舉蘇軾、黃庭堅爲代表；南宋有陸游、范成大、楊萬里、四靈（徐照、徐璣、翁卷、趙師秀）嚴羽等，今舉前三人爲代表。嚴羽的詩不著名，但他的滄浪詩話却是批評文學中的好書，應在此附帶的提一句。

蘇軾的詩和他自己的詞與散文又是同一作風，——也是豪放的，與其說他似陶潛，不如說他更似李白。二老堂詩話說他的詩是『豪邁天成』。趙翼說：『以文爲詩自昌黎始。至東坡益大放厥詞，別闢生面，成一代之大觀。』宋詩鈔小傳說他的詩是『氣象宏闊』，王漁洋說他的詩是『淋漓大筆』，——這些話都很對，其實也就是「豪放」二字的意思。似太白之豪者，如遊徑山的開端云：『衆峯來自天目山，勢若駿馬奔平川。中塗勒破千里足，金鞭玉蹬相迴旋。人言山住水亦住，下有萬古蛟龍淵。』又如送朱運判入蜀的首末云：『靄靄靑城雲，娟娟峨眉月，隨我西北來，照我光不滅。我在塵土中，白雲呼我歸；我遊江湖上，明月濕我衣；岷、峨天一方，雲月在我側。……若逢山中友，問我歸何日。爲話腰脚輕，猶堪踏泉石。』似太白之仙者，如松風亭下梅花盛開句云：『海南仙雲嬌墮砌，月下縞衣來扣門。酒醒夢覺起繞樹，妙意有在終無言。』又如書烟江疊嶂圖於寫景之後感嘆道：『不知人間何處有此境，徑欲往買二頃田。君不見武昌、樊口幽絕處，東坡先生留五年？春風搖江天漠漠，暮雲卷雨山娟娟。丹楓翻鴉伴水宿，長松落雪驚晝眠。桃花流水在人世，武陵豈必皆神仙？江上清空我塵土，雖有去路尋無緣。還君此畫三嘆息，山中故人應有招我歸來篇。』此外如百步洪之狀灘起渦旋，中秋月第三首與別子由之寫鄉思友情，讀孟郊詩之能幽默生趣，都是我所喜愛的。

黃庭堅（一〇四五—一一〇五）字魯直，分寧人。遊灊（音潛，今安徽霍山縣）皖山谷寺石牛洞，觀照而且享樂於那裏的山水，因自號山谷老人。他是江西詩派的宗祖，此派末流，其詩句生澁拗拙，不能卒讀，但山谷此病還不甚深。他有幾首寫家庭的詩甚好，尤以臨河道中爲最眞摯，詩云：『村南村北禾黍黃，穿林入塢歧路長。據鞍夢歸在親側，弟妹婦女笑兩厢。甥姪跳梁暮堂下，惟我小女始扶牀。屋頭撲棗爛盈斗，嬉戲喧爭挽衣裳。覺來去家三百里，一園兔絲花氣香。可憐此物無根本，依草着木浪自芳。風烟雨露非無力，年年結子飄路傍。不如歸種秋柏實，他日隨我到冰霜。』此外如還家呈伯氏之大發牢騷，過家之驟感隔絕，代書之特創新體，都頗可愛。寫景詩自以宿山家效孟浩然爲最佳，但太長，不便徵引。王才元惠梅花時，所作七絕三首也很好，今錄二首：『城南名士遺春來，三月乃見臘前梅。定知鎖着江南客，故放綠梢春晚囘。』『舍人梅塢無關鎖，攜酒俗人來未曾？舊時愛菊陶彭澤，今作梅花樹下僧。』還有，他的七絕亦頗有些是悠然閒適的：

少遊醉臥古藤下，誰與愁眉唱一盃？解作江南斷腸句，只今唯有賀方囘。——寄賀方囘

亭台經雨壓塵沙，春近登臨意氣佳。更喜輕寒勒成雪，未春先放一城花。——春近四絕句之二

扶風喬木夏陰合，斜谷鈴聲秋夜深。人到愁來無處會，不關情處總傷心。——讀太

眞外傳和作

陽關一曲水東流，燈火旌陽一釣舟。我自只知常日醉，滿川風月替人愁。——夜發分寧寄杜澗叟

草色青青柳色黃，桃花零落杏花香。春風不解吹愁却，春日偏能惹恨長。——題小景扇

這般淡遠的詩傳給了曾幾，再由曾幾傳給了南宋范、楊、陸三大家，算是江西詩派的幸運。因爲，這三家的詩都是不生澀的。

於此，我欲插入幾句話論到林逋。林逋字君復，錢塘人，卒諡和靖先生。隱居孤山，以梅爲妻，以鶴爲子。至今孤山猶有放鶴亭、梅林，使人緬想詩人清興不置。他的名句是詠梅的兩句詩：『疏影橫斜水清淺，暗香浮動月黃昏。』歐陽修極賞識這兩句詩。王晉卿說這兩句詩桃、杏、李都可用。東坡辯道：『可則可，但恐杏、桃、李不敢承當耳。』方虛谷更辯得有理：『彼杏、桃、李者，「影」能「疎」乎？「香」能

「暗」乎？繁濃之花，又與「月黃昏」，「水清淺」何涉？且「橫斜」「浮動」四字，牢不可移。」

陸游是南宋詩人的代表。他的著作很多。除去詩集外，尚有放翁詞、文集、南唐書等。詩集名劍南詩稿，因爲他曾在四川夔州做過官，回家鄉後仍思慕着四川劍閣之險，故有此名。他的詩中詠四川景物甚多。依我個人的直覺看來，他於小病時，或是幽居夜坐時，詩最清超拔俗。我最怕看他「老夫」「金丹」一類粗、俗的字眼。但他最著的特點並不是如上所述。劉後邨稱他「氣魄陵暴」，可知他的詩也和詞一樣，是很豪壯的，他的詩中滿了愛國的熱忱，一心要想恢復帝京，我可以在這裏隨便舉幾首：

今日我復悲，堅臥脚踏壁。古來共一死，何至爾寂寂！秋風兩京道，上有胡馬跡。
和戎壯士廢，憂國清淚滴。關河入指顧，忠勇義推激。常恐埋山邱，不得委鋒鏑。
立功老無期，建議賤非職。賴有墨成池，淋漓豁胸臆。——書悲

胸中磊落藏五兵，欲試無路空崢嶸。酒爲旗鼓筆刀槊，勢從天落銀河傾。端溪石池

濃作墨，燭光相射飛縱橫。須臾收劍復把酒，如見萬里烟塵淸。丈夫身在要有立，逆胡運盡行當平。何時夜出五原塞，不聞人語聞鞭聲！——題醉中所作草書卷後

我行江郊暮猶進，大雪塞空迷遠近。壯哉組練從天來，人間有此堂堂陣。少年頗愛軍中樂，跌宕不耐微官縛。憑鞍寓目一悵然，思爲君王掃河、洛。夜聽簌簌窗紙鳴，恰似鐵馬相磨聲。起傾斗酒歌出塞，彈壓胸中十萬兵。——弋陽道中遇大雪

昔我初生歲，中原失太平，寧知墓木拱，不見塞塵淸。京、洛無來信，江、淮尚宿兵。何時靑海月，重照漢家營。——北望

此外如夢招降諸城、長歌行、雪中忽起從戎之興等詩俱懷着掃蕩胡塵的夢想。他是至老猶有雄心的，好好的飲酒賦詩，胸中的牢騷可以立刻勾引起來；好好的郊行遇雪，滅金的幻想可以立刻顯現出來；於是酒可爲旗鼓，筆可爲刀槊；大雪可爲堂堂陣，紙窗可爲鐵馬相磨：幾乎無處無地，不想念着破碎山河而興悲呵！他除去作豪壯的詩外，有時也做淸麗的田園詩。這裏再隨便舉幾首：

十日苦雨一日晴，拂拭拄杖西村行。清溝冷冷流水細，好風習習吹衣輕。四鄰蛙聲已閣閣，兩岸柳色爭青青。辛夷先開半委地，海棠獨立方傾城。春工遇物初不擇，亦秀燕麥開蕪青。薺花如雪又爛熳，百草紅紫那知名！小魚誰取置道側？細柳穿頰危將烹。欣然買放寄吾意，草萊無地蘇疲氓！——雨霽出游書事

繞屋清陰合，緣堤綠草纖。起蠶初放食，新麥已磨鐮。苦筍先調醬，青梅小蘸鹽。佳時幸無事，酒盞更須添。——山家暮春

雨霽雞栖早，風高雁陣斜。園丁刈霜稻，村女賣秋茶。缺井磨樵斧，枯桑繫釣槎。客來那用問，此是放翁家。——幽居

蝶舞蔬畦晚，鳩鳴麥野晴。就陰時小息，尋徑復微行。村婦窺籬看，山翁拂席迎。市朝那有此，一笑慰餘生。——野步

此外田園詩極多，篇幅有限，不多徵引了。

范成大生卒頗難定。問天醫賦序云：「生十四年，大病，瀕死。至紹興壬申又十三

年矣。』考紹興壬申，乃紹興二十二年，卽西曆一一五一年，故推知其廿七年前爲一一二五，就是他的生年。至於卒年呢？宋史本傳說：『紹興二十四年擢進士……紹興二年加大學士，四年薨。』甚爲矛盾可笑，大約有誤字。詩集卷二十七有閶門初泛一詩，下註年爲淳熙丙午（十三年），故推其死年，至少在這年（一一八六）以後。成大死後，他的兒子莘請楊萬里作序，序成之時爲紹熙五年，大約宋史上所謂紹興四年，是紹熙四年之誤。果然如此，他的死年便該在一一九三了。據友人何昰鏑考出卷三十三次韻養正元日六言，自註云：『余今年六十七，』至標明六十八以後的詩，集中却一首也沒有，也可爲旁證。因此定爲：

范成大（一一二五—一一九三）字致能，號石湖居士，吳縣人，也是田園詩人，王績照至比之爲中國的華茲渥斯（Wordsworth）。詩以四時田園雜興六十首爲最著名，初春、春、夏、秋、冬各十二首，夏日田園雜興中有一首云：『晝出耘田夜績麻，村莊兒女各當家。兒童未解供耕織，也傍桑陰學種瓜。』此首最爲人所傳誦，甚有以之入畫的。有時在他的田園詩中，還帶着譏諷官府收租，剝削小民的話，因此又可以說是社會詩人了。其他田園詩如寒食郊行書事、初夏、春晚即事、田舍、夔州竹枝歌、臘月村田樂府等亦均可誦。臘月村田樂府中有一首賣痴呆，頗有趣，詩云：『除夕更闌人不睡，厭禳鈍滯迎新歲。小兒呼叫走長街，云有痴呆召人買。二物於人誰獨無？就中吳儂仍有餘。巷南巷北賣不得，相逢大笑相揶揄。櫟翁塊坐重簾下，獨要買添令問價。兒云：「翁買不須錢，賒汝痴呆一百年。」』此外九首，亦可供民俗學者參考。

楊萬里（一一二四——一二〇六）字廷秀，吉州吉水人，紹興年間進士。他的寒食雨中遊天竺尚著名。田園詩可以過百家渡爲代表，詩云：『一晴一雨路乾濕，半淡半濃山疊重。遠草平中見牛背，新秧疏處有人蹤。』他的詩似不及陸、范，總覺得有點生硬，雖然在量上說他的詩算最多。

參考：

（一）宋詩鈔（吳之振，商務印書館。這是宋詩總集，有此則專集可不必買。）

（二）蘇詩精華（中華書局，選東坡詩甚精。）
（三）劍南詩鈔（掃葉山房。）
（四）宋詩研究（胡雲翼，商務國學小叢書本。）
（五）宋詩研究（莊蔚心，大東書局。）
（六）陸放翁評傳（雪林，鱟魚生活，眞美善。）
（七）黃山谷詩（曾滌生選本，文明書局。）
（八）陸放翁詩（劉辰翁選本，文明書局）

二八　元曲五大家

中國的戲劇發生得很遲；雖是在春秋時已有優孟扮孫叔敖的衣冠，但完全的戲曲，却是始於宋的。直到元代戲曲方始大盛。爲什麽戲曲盛行得甚遲這一個問題，各人的解釋紛紛不一。大約由於外族侵入中華，文言爲正宗的觀念被打破，且科舉久廢，文人無所事事，見民間演劇之風大盛，便從而編劇，因此戲劇就大盛了。至於『以雜劇取士』的話，不見正史，不過是臧晉叔臆測的話罷了。

元代的戲曲家有作品傳於今者約四十八人，前期作家以大都人爲最多，後期作家以杭州人爲最多。其中最著名的有關漢卿、馬致遠、白樸、王實甫、鄭光祖五人。今爲一一論列：

關漢卿大都人，以竇娥冤與續西廂著名。竇娥冤是極大的悲劇，敍竇娥斬死後方降大雪；至於近今京劇六月雪，改爲因天降大雪而竇娥被救，則完全失去了悲哀的情調了。續西廂雖被金喟痛斥爲『狗尾續貂』，這只是他的偏見，其實續西廂的文句有很多是極好的。他的金線池和玉鏡台結構相似，敍的都是一對情人因爲不和睦、女的不願與男的同居，男的請朋友幫忙，設法和解的事。杜蕊娘因爲怕挨了府尹的大棍，只好允許與負心的韓輔臣和好，懇求他在府尹面前講情；倩英因爲怕畫墨臉，只好賊那年老的溫嶠做丈夫，求他快點把詩做出來。這兩種戲曲似乎沒有多大的意思，且暴露了男子借勢壓伏女子的弱點。他的謝天香敍柳永託謝天香於錢大尹，錢可反納謝爲妾，後爲柳永所知，氣得要死，以後方由錢可口中點出，謝是完璧，恐怕他人蹂躪謝氏，方纔將她接入衙內，藉以遮掩縣民耳目。先不說明，最後點出，這是很合於短篇小說的作法的。他的魯齋郎敍魯齋郎是國戚，借勢凌人，搶刼民女，包拯上奏改名魚齊卽將他斬了。他的救風塵是諷刺男子無恆的，周舍鍾情於宋引章，宋引章相信了他而嫁他，趙盼兒勸之不聽；後來果然周舍漸漸不歡喜宋引章起來，百般虐待。趙盼兒是宋引章的密友，因爲想要救她，便假意媚周，說是如果給宋休書，她便嫁他，這樣便把宋引章的自由恢復了。望江亭敍楊衙內要想搶奪潭州刺史白敏中的妻譚記兒，便在帝前寃誣白霸佔民妻，取得金牌、勢劍、文書，譚改扮漁家女兒假意媚楊，說要將劍切魚，將金牌打戒指，連文書一併取了去。自然，從此白家便平安了！此劇兩個差人的摹仿衙內，頗爲生動有趣。關漢卿的戲劇每每喜歡用小聰明，『用知慧取得勝利』幾乎成了他作劇的通則。可知他是理知勝於情感的，因此，詩一般的語句也就很難發現了。我最喜歡他的蝴蝶夢，敍王老漢被葛彪打死，老漢的三個兒子復將葛彪打死。包拯審問三弟兄和他們的母親，大家爭着承認。王婆婆因王三是他親生，所以要王三抵命，撫養前妻的二子。後三弟兄下監，母親送飯，獨不給王三吃。包拯深憐他們，叫偸馬的趙頑驢替了王三，因以報聞。劇中寫王三極痴呆，使觀衆不至於過分悲哀，用意是很好的。以上所引九種，除續西廂外，俱見元曲選，此外元刊雜劇三十種中還有他的西蜀夢、拜月亭、單刀會、調風月四種。

王實甫也是大都人，他的西廂，聲譽在一切元曲以上。張生赴京應舉，鶯鶯送行，是全劇最悽慘的一折。劇中有許多很好的抒情詩，如：『我和他乍相逢，記不眞嬌模樣，我則索手抵着牙兒，慢慢的想。』『四圍山色中，一鞭殘照裏，遍人間煩惱塡胸臆，量這些大小車兒如何載得起！』『想人生最苦離別。可憐見千里關山，獨自跋涉。似這般割肚牽腸，倒不如義斷恩絕。』這些都是好例。他的麗春堂不及西廂遠矣。

馬致遠也是大都人。他是一個悲觀的人，看破了世上的紛擾，看破了人間的名利，因此他便憧憬於仙境的幻美。他在陳摶高臥中寫陳摶下山時說：『儘教山列着屏，草展着襯，鶴看着家，雲鎖着門，」後來陳摶對使臣說及仙家好處道：『俺那裏草舍花欄藥畦，石洞松窗竹几；您這裏玉殿朱樓未爲貴。您那人間千古事，俺自松下一盤棋，把富貴做浮雲可比。』黃粱夢中漢鍾離向呂洞賓也說及仙家好處：『俺那裏地無塵，草長春，四時花發常嬌嫩。更那翠屏般山色對柴門。雨滋棕葉潤，露養藥苗新。聽野猿啼古樹，看流水遶孤邨。』同劇漢鍾離變樵夫點化呂洞賓，也說及仙家好處；『那先生自舞自歌，吃的是仙酒仙桃。住的是草舍茅庵，強如龍樓鳳閣。白雲不掃，蒼松自老。青山圍繞。淡煙籠罩。……門無綽楔，洞無鎖鑰。香焚石桌，笛吹古調。』任風子任屠自道皈依之樂：『朱頂鶴，獻花鹿，唳野猿，嘯風虎。雲滿窗，月滿戶，花滿蹊，酒滿壺，風滿簾，香滿爐。看讀玄元道德書，習學清虛莊列術。小小茅庵是可居，春夏秋冬總不殊：春景園林賞花木，夏日山間避炎暑，秋天籬邊玩松菊，冬雪簷前看梅竹，浩月清風爲伴侶。』岳陽樓呂洞賓向柳樹精說人世無趣，『爭如我蓋間茅屋臨幽澗，披片麻衣坐法壇，倒也躲是非，忘寵辱，無牽絆。』以上四劇都可看出他的出世思想。至於漢宮秋、青衫淚、薦福碑均以藝術見長，尤以漢宮秋中梅花酒爲最膾炙人口：『呀，俺向着這迥野悲涼！草已添黃色，早迎霜。犬褪得毛蒼，人搠起纓槍，馬負着行裝，車運着餱糧，打獵起圍場。他，他，他，傷心辭漢主；我，我，我，携手上河梁。他部從，入窮荒，我鑾輿，返咸陽，返咸陽，過宮牆；過宮牆，遶迴廊；遶迴廊，近椒房；近椒房，月昏黃；月昏黃，夜生涼；夜生涼，泣寒蛩；泣寒蛩，綠紗窗；綠紗窗，不思量。』緊接着，收江南的前半云：『呀，不思量，除是鐵心腸；鐵心腸，也愁淚滴千行。』第四折敍漢元帝聞雁鳴因而刻苦的思念着明妃，極爲淒楚：

（么篇）傷感似替昭君思漢主，哀怨似作薤露哭田橫，悽愴似和半夜楚歌聲，悲切似唱三疊陽關令。

（上小樓）早是我神思不寧，又添個寃家纏定。他叫得慢一會兒，緊一聲兒，和盡寒更。……

（十二月）……不比那雕樑燕語，不比那錦樹鶯鳴。漢昭君離鄉背井，知他在何處愁聽？

（堯民歌）呀呀的飛過蓼花汀，孤雁兒不離了鳳凰城，畫簷間鐵馬響丁丁，寶殿中御榻冷淸淸，寒也波，更蕭蕭落葉聲。燭暗長門靜。

（隨煞）一聲兒遶漢宮、一聲兒寄渭城、暗添人白髮，成衰病。直恁的吾家可也勸不省！

還有，第三折臨別明妃時的步步嬌也很好：『您將那一曲陽關休輕放，俺咫尺如天樣，慢慢的捧玉觴。朕本意待尊前挨些時光，且休問劣了宮商，您則與我半句兒俄延着唱。』

白樸（一二二六—？）字仁甫 後改字太素，眞定人。所著存於今者僅梧桐雨與牆頭馬上。梧桐雨第四折敍楊玉環死後 唐明皇聽梧桐雨，有三調用疊句甚好：

（笑和尚）原來是滴溜溜，遶閒堦敗葉飄；疎剌剌，刷落葉被西風掃；忽魯魯，風閃得銀燈爆；廝琅琅，鳴殿鐸；撲簌簌，勤朱箔；吉丁當，玉馬兒向簷間鬧。

（叨叨令）一會價緊呵，似玉盤中萬顆珍珠落；一會價響呵，似玳筵前幾簇笙歌鬧；一會價清呵，似翠岩頭一派寒泉瀑；一會價猛呵，似綉旗下數面征鼙操。兀的不惱殺人也麼哥，兀的不惱殺人也麼哥，則被他諸般兒雨聲相聒噪。

（三煞）潤濛濛，楊柳雨，淒淒院宇侵簾幕；細絲絲，梅子雨，粧點江干滿樓閣；杏花雨，紅濕闌干；梨花雨，玉容寂寞；荷花雨，翠蓋翩翻；豆花雨，落葉瀟條：——都不似你驚魄破夢，助恨添愁，徹夜連宵。……

細觀上舉三調，藝術似比漢宮秋更加精微，但抒情的分子却不及漢宮秋。牆頭馬上敍裴少俊買花種子，在花園中遇見李千金，兩情相投，因約夜間相會。事爲傭婦所知，將他們放逃。少俊恐父親知道，將妻藏在後花園書房中七年，生了端端和重陽。事露，裴父逼其子休妻。後少俊中了狀元，重迎其妻；裴父亦因知道千金本是他早先聘下的，暗合姻緣，所以也轉怒爲喜，反在媳婦前賠罪。這戲劇便在一團歡樂中結束了。這篇的佳處都在第一二折。裏面有很多大胆的描寫。第三折的穿插，寫老院公瞞老主人，假說少俊子是野孩子，亦頗有趣。劇中鵲踏枝云：『怎肯道負花期，惜芳菲，粉悴胭憔，他綠暗紅稀。九十日春光如過隙。怕春歸，又早春歸。』又幽會前李千金吩咐梅香的感皇恩後段云：『教你輕分翠竹，款步蒼苔，休驚起庭鴉喧，鄰犬吠，怕院公來。』這都寫得很不錯。白樸的戲劇雖只傳兩種，却都清麗，即題目也已充滿了濃郁的詩意了！

鄭光祖字德輝，平陽襄陵人。所傳的有王粲登樓、周公攝政、㑳梅香、倩女離魂四種，以後二種爲最佳。㑳梅香結構極似西廂，第二折寫樊素婢極活潑、頑皮而且可愛，最後的隨煞尾用疊字亦佳：『你聽那禁鼓鼕鼕將黃昏報，等的宅院裏沈沈都睡却，悠悠的聲揭譙樓品畫角，璫璫的水滴銅壺玉漏敲，刷刷的風颭芭蕉鳳尾搖，厭厭的月上花梢樹影高，悄悄的私出蘭房離繡幕，擦擦的行過闌干上甬道，霍霍的搖動珠簾，你等着巴巴的彈響窗櫺，恁時節的是俺來了。』倩女離魂敘倩女與王文舉相戀，魂離軀殼，隨他同去京師應舉的事。其中迎仙客之抒情，古水仙子之疊字，爲王國維所嘆賞。

元曲的結構特點有五：（一）一本四折，惟趙氏孤兒一本有五折是例外。（二）一折一調一韻。（三）有楔子，止一二小介。或在一本之首，或在一本之中。（四）一人獨唱。但丑角所唱的是例外。例如望江亭本係正旦唱的，第三折楊衙內及公差李梢、張千也可以唱來玩玩，蝴蝶夢本係正旦王婆婆唱的，呆子王三也可以唱幾句湊湊趣。（五）題目正名，由司唱者在坐間代唱，不在場上唱。

有人說元曲無白，白乃俗人所加。但我們看薦福碑中長老詩句：『澗水煎茶燒竹枝，架裟零落任風吹。看經只在明窗下，花落花開總不知。』如此雅淡，俗人決作不出。況唱句文情，均由說白生出，無說白則唱句亦不作出也。

參考：

（一）元人雜劇全集，（盧冀野編訂，上海雜誌公司。）

（二）元人雜劇輯逸（趙景深，北新書局）

（三）宋元戲曲史（王國維，商務。）

（四）中國文學概論講話（日本鹽谷溫著，孫俍工譯，開明。）

（五）元劇研究ABC（吳梅，世界。）

（六）顧曲麈談（吳梅，商務。）

（七）中國戲曲概論（吳梅，大東。）

（八）曲選（顧名，大光書局。）

二九　明代的章回小說

明清兩代文學特點是在小說和戲曲上，所以於論明代文學時，先論明代的小說。章回體的小說實是從此時開始的。凡分三項：（1）講史，（2）神魔小說，（3）人情小說。此外還有短篇小說今古奇觀（東壁山房主人編）等。今分述於後：

講史大半都是羅本作的。

羅本號貫中，他的生平不可考。他的著作舊本有題作廬陵羅本的，有題作武林羅本的；大約廬陵是他的原藉，武林是他的生地或居住的地方。他生於元之中葉，明初尚存。所著有三國志演義、水滸、隋唐演義、說唐全傳(並包羅通掃北、薛仁貴征東事。)平妖傳、粉粧樓六種、舊本南北史演義和禪眞逸史(記隋事)據說也是根據羅本的。他的小說大都是表揚祖德的，小英雄傳的主人翁是羅通，粉粧樓的主人翁羅琨。羅燦等皆是。平妖傳敘事不甚熱鬧，故遠不及其他五種之能盛行。三國志演義和水滸是兩部傑作。在元曲裏也有三國故事，如單刀會、西蜀夢、赤壁鏖兵、諸葛亮秋風五丈原、隔江鬥智、連環計、復奪受禪台等均是。金人瑞的門徒毛宗崗會將三國志演義删改了一遍，又增加了一些材料，再整頓回目，修正文辭，削除論贊，增删瑣事，改換詩文，(詳見毛氏凡例。)遂直傳至今。此書事實，「七實三虛，」(章學誠語)大半與陳壽三國志相符合。對於人物的性格，也不能恰如其分，劉備寫成了奸詐的人，孔明寫成了妖道，只有關雲長寫得最好，大約自孔明出山，至孔明死都寫得如火如荼，非常有興味，佈局亦極緊湊，尤其是赤壁鏖兵這一大段。以後就奄奄無生氣了。西人每以此書擬於荷馬史詩，在 Sir John Davis 和 Candlin 論中國小說篇中均有此說，又有人以此書的作者比爲英國的歷史小說家司各德（Walter Scott）。水滸是以宣和遺事之一節爲藍本的，原書事實極少，僅刧生辰綱與得天書兩節描寫較詳，且僅三十六人，此書則將事實加增，人物也擴爲一百〇八人。所寫較三國進步多多，尤以魯智深、林冲、武松數人寫得最生動，故謝無量疑此書爲羅本晚年所作，胡適又惜此書描寫人物過多，未能將個性一一描繪。此書後半部征四寇採取元曲故事甚多，如喬斷案、李逵負荊、燕靑射雁、鬥雞會等均是。此書曾經金聖嘆删改過，將前七十回和征四寇分開。續作有清初古宋遺民的後水滸，道光中山陰俞萬春的結水滸。（一名蕩寇志）後一種寫得很用力，很有精采，只是觀念迂腐了一點。羅本眼看元人侵犯中華，恨不得有一個超人的英雄將元族逐出關外，所以他的許多小說都是稱讚草寇的，程咬金、羅琨、羅燦、宋江，雖都做過強盜，他是很尊敬他們的，對於他們懷了一種絕大的希望。他的小說實與時代有很大的關係呵！此外如周游開闢演義，又東周列國志、兩漢演義、兩晉演義、岳傳、英烈傳等，也都是明人所作。

吳承恩（一五一〇——一五八〇）的西遊記是神魔小說中最著名的。共計一百回。後來的簡本的西遊記便是節刪吳本的，這書是四遊記之一。（此外尚有東遊記述八仙來歷，北遊記述眞武帝君事，南遊記述華光入地獄救母事。）題作楊志和編，凡四十一回，吳本以前還有宋大唐三藏取經詩話，金人院本唐三藏，元吳昌齡唐三藏西天取經等；第一種今有黎烈文新式標點本，第二種不傳，第三種有世界文庫本。吳承恩本與楊志和本次序差不多是相同的。吳本前七回爲孫悟空得道至被降故事，當楊本的前九回；吳本第八、九兩回俱爲楊本所無。記的是釋迦造經和玄奘的父母遇難以及玄奘復仇事；第十至第十二回卽魏徵斬龍至玄奘應詔西行事，當楊本第十至十三回；第十三至第二十三回敍收徒弟孫行者、豬八戒、沙和尚、龍馬以及遇虎，遇黃風怪，遇觀音試心等事，當楊本第十四回至第二十二回。——總說一句，在第二十三回以前幾乎是吳本一回相當於楊本一回的。但楊志和因想刪得與其他三遊記篇幅相等，看看篇幅去了一半，還祇刪了原書的四分之一，此下的四分之三便只好開特別快車，大刪而特刪了。列表於後：

事實	吳本	楊本
難活人參	二四—二六	二三—二四前半
尸戲三藏	二七	二四後半
降奎木狼	二八—三二	二五—二七前半
金角銀角	三三—三五	二七後半—二九
收靑獅精	三六—三九	三〇—三一

以上吳本十六回合楊本九回，大約吳本兩回相當楊本一回。（僅吳本三二當楊本二七，三三當二八，是一回相當一回的。）自第四十回以後則是吳本三回至二十回方合楊本一回，再列表如下：

事實	吳本	楊本
收紅孩兒，捉拿鼉怪	四〇—四三（四）	三二
降三力仙，收金魚上	四四—四八（五）	三三

收金魚ド、鬧金兜洞	四九—五二（四）	三四
過子母河，過女兒國	五三—五五（三）	三五
遇盜打劫，眞假猿猴	五六—五八（三）	三六
破牛魔王，大鬧龍宮 棘嶺仙菴，彌勒口袋	五九—六六（八）	三七
稀柿衕阻，降金毛吼 蜘蛛迷豬，雞啄蜈蚣 獅象鵬鳥，	六七—七七（一一）	三八
擒鹿捉狐，過無底洞 過滅法國，打花皮豹 開釘鈀會，捉犀牛怪 擒玉兔精，寇家遇盜	七八—九七（二〇）	三九

以後便是吳本九八合楊本四〇，吳本九九至一〇〇合楊本四一也。在楊本僅『遂去滅法國』五字，在吳本却是兩回，幾有萬字，在楊本僅『過了八百里荊棘山』八字，在吳本却是半回，也有三四百字；在楊本敍破牛魔王不過百餘字，在吳本却是奇恣雄偉的洋洋萬餘言。吳本的滑稽口吻，時時可於書中見到，孫悟空的知慧，猪八戒的笨拙，尤能對照着寫來，曲曲傳神，可以說是善於寫人物的個性的。此書大部分是民間傳說，分開來看是許多很好的童話。評議此書的有悟一子陳士斌西遊眞銓、張書紳西遊正旨、悟元道人劉一明西遊原旨等，或以談道，或以崇儒，或以信佛，均非作者本義。其實，這只是作者的記載，這是一部民間故事的總集。續作有後西遊記和清董說的西遊記補。前者敍唐半偈、孫履眞、猪一戒、沙彌赴西天求眞解事，以套名利圈一段爲最佳，後者是補於遇牛魔王與大鬧龍宮之間的，是罵滿清的東西，作者於明亡後卽削髮爲僧。此外神魔小說尚有封神傳和羅懋登的三寶太監西洋記演義。

人情小說有金瓶梅、玉嬌李、隔簾花影、玉嬌梨、平山冷燕、好逑傳、鐵花仙史等，大多不知姓名，後三種亦僅知其作者別名爲荻岸山人、名教中人、雲封山人而已。金瓶梅有人以爲是王世貞作，但又有以爲不是。今知爲蘭陵笑笑生作，惟仍不能知道眞姓名。

短篇小說醒世恒言與喻世明言（均馮夢龍編）原本甚難得，已經鹽谷教授在日本發見，曾有演說載改造的現代支那號。今古奇觀卽爲上二書與警世通言拍案驚奇初二集的選本，內多佳作，胡適極爲稱讚。

參考：

（一）三國志演義，水滸，西遊記（通行本。）

（二）西遊記傳（楊志和，大達圖書供應社鉛印四遊記本。）

（三）中國小說史略（魯迅，可看第十四篇至第二十一篇，北新。）

（四）西遊記在民俗學上的價值（趙景深，載童話論集，開明書店。）

（五）羅貫中與馬致遠（謝無量，商務國學小叢書之一）

三〇 明傳奇

元曲的結構很嚴，明傳奇却是較爲隨便的。元曲每本只有四折，傳奇則是至少十餘齣，多至五六十齣；元曲僅許一人唱一調，傳奇則不妨多人唱，且不限定一調，一來變化多而趣味亦多，二來可免主角過於吃力之弊；元曲有楔子作爲伸縮餘地，傳奇既沒有四折的制限，楔子當然可以不用；元曲題目正名由司唱者唱，傳奇則爲下場詩，由演者自唱——這些都是明傳奇與元雜劇不同的地方。但雜劇有如短篇小說，短小精悍，氣象飽滿，不似傳奇動輒以「虜諜」「繕備」等與全劇無甚關係的武功來敷衍，來故意拉長。所以有些人仍舊歡喜雜劇，而雜劇在明代仍佔有勢力，牠的成績表現在盛明雜劇這部書裏。

不過此處有一點須要注意，就是：傳奇是至明而大備的，並非卽始於明，她在宋元早就有了雛型了。我們在各種曲譜裏，還能看見宋元傳奇的殘文，而永樂大典還有元代的三種戲文留傳下來，就是鐵證。

明初有四大傳奇，荊釵記、劉知遠、拜月亭、殺狗記，簡稱爲「荊劉拜殺」，又有元高明的琵琶記。荊釵記爲明初寧獻王朱權（一三七五？—一四四九）所作，敍王十朋與玉蓮的戀愛故事；劉知遠一名白兔記，作於五代史評話和劉知遠諸宮調之後，敍的是李三娘磨房產子的故事；拜月亭一名幽閨記，乃杭人君美施惠所作，敍蔣世隆兄妹的婚嫁故事，兄娶瑞蘭，而妹瑞蓮嫁了武狀元興福，萍跡偶合是全劇中最精采的一段；殺狗記乃徐𤵸所作，據元曲蕭德祥殺狗勸夫改編，敍孫華交結惡友逐弟孫榮，後華妻殺狗勸諫，方始悔悟，重與其弟友愛。這四劇的文辭以拜月亭爲最佳，餘均質樸。琵琶記敍趙五娘剪髮上京尋夫蔡邕事。喫糠齣中一曲最著名：「糠和米本是相依倚，被簸揚作兩處飛。一賤與一貴，好似奴家與夫壻，終無相見期。丈夫，你便是米呵，米在他方沒尋處。奴家便是糠呵，怎得把糠來救得人饑餒。好似兒夫出去，怎的教奴供膳得公婆甘旨。」

此後作傳奇著名者便要推湯顯祖（一五五〇—一六一一）了。他作有牡丹亭、南柯記、邯鄲記、紫釵記與紫簫記，前四種又合稱「四夢」，以牡丹亭爲最著名。此劇將少女的心情刻畫的寫出，曾博得許多姑娘的眼淚，婁江女子俞二娘爲了歡喜他的詞句，以至斷腸而死，馮小青讀後，題詩於書端云：『冷雨幽窗不可聽，挑燈閒讀牡丹亭。人間亦有痴於我，豈獨傷心是小青。』我們想，一個少女不曾了解戀愛的神祕，這是多麼傷心的事；我們讀俄國屠格涅甫城裏的醫生，尚且爲那鄉間女子嘆惜，低徊數四，更不用說這樣偉大的戲劇之感人了！全劇敍杜太守寶生有一女麗娘，婢春香，延師教讀。一日師授詩經關關雎鳩，麗娘忽感到少女美之容易消失，恐懼自己將如落花般的遭遇，胸懷鬱悶，便偕春香遊園，不意困倦起來，便在園中倚几假寐，夢中遇見柳夢梅，互相愛戀，即成婚好。不料夢中醒來，一切俱幻，即欲尋夢，亦已不可復得。從此麗娘便懨懨成病，自畫容像，以寄所懷。不久，遂得病而亡，葬後花園梅花庵中。柳夢梅確是實有其人，一日郊行跌雪，爲麗娘師救起，將他送到夢花庵中養病。夢柳後來無意中拾得麗娘自畫像，便拿來懸在室中，終日焚香參拜，連呼卿卿不絕；恰逢麗娘幽魂飄遊來庵，於是重相燕好。夢梅偷開麗娘的棺，她便復活了。偕到他處同住。後來。夢梅赴考，恰遇寇亂。待寇平後，夢梅却中了狀元，帶了麗娘與她父母相見，全劇便結束了。其中以驚夢、尋夢二齣寫得最好。此外則王世貞鳴鳳記亦著名。明末阮大鋮燕子箋、春燈謎也很好。

參考：

（一）牡丹亭（大達圖書供應社本。）
（二）湯顯祖及其牡丹亭（張友鸞，大光書局。）
（三）琵琶記（大達圖書供應社本。）
（四）宋元戲文本事（趙景深，北新書局。）
（五）南戲之文章（王國維，宋元戲曲史第十五章。）

三一　明之詩文變遷

明代以小說、傳奇爲文學特點，詩文均遜；文章家出了一個歸有光，詩家也不過出了一個高青邱。因爲明代作詩文的人過於摹仿，汩滅了性靈，不是擬秦、漢，便是仿盛唐，不是學蘇軾，便是學香山，所以詩文難得有進步。文學作品應該神化，不應該摹仿；摹仿是學人字句，神化是讀了人家的作品，增加了自己的感情，將別人作品中的精神，溶化爲自己的一部分。大約明代詩文有兩個趨勢：一個是新的，其實也只是比較的新，承孔、孟餘業，尊韓、柳文章，時體屬之；一個是舊的，他們的旗幟是：「文必秦漢，詩必盛唐。」又云：「不讀唐以後書。」又云：「古文之法亡於韓。」這簡直是復古派了。兩派爭執極爲劇烈，黨同伐異，其實大家都跳不出摹仿的圈子，一起一伏，有如波浪，煞是好看煞人！

明初這種爭執還不甚劇烈，其時文家有劉基、宋濂，詩人有高啓、袁凱。他們的詩文雖無鮮明的主義，却都不故爲古拗，可以算是新派。劉基（一三一〇—一三七五）本不是一個文學家，以一軍師而弄文章，我們當然不想有什麼奢望，但他的賣柑者言、養蜂、司馬季主論卜等寓言已夠使我們詩常記念着他老人家了！宋濂（一三一〇—一三八一）的文，如秦士錄、送東陽馬生序等篇都很著名，他的學生方孝儒（一三五七—一四〇四）的越巫、蚊對、指喩也都不錯。高啓（一三一六—一三七四）是明朝的李太白，詩多仙俠之氣，其送李使君鎮海昌句云：「人雜島夷爭午市，潮隨山雨入秋城。」又結末云：「肯掃帳中容我醉，夜深燃燭臥談兵！」這是何等的豪氣！袁凱以白燕詩著名，時人至號之爲袁白燕。原詩云：「故國飄零事已非，舊時王、謝見應稀。月明漢水初無影，雪滿梁園尚未歸。柳絮池塘香入夢，梨花庭院冷侵衣。趙家姊妹多相忌，莫向昭陽殿裏飛。」李空同稱讚袁海叟其他的詩，獨以此詩爲最下，自然是他的偏見，於此可見批評之不免戴有色眼鏡了！繼高、袁等而起的是臺閣體的詩，這派詩創於三個楊老頭子，——楊士奇（一三六四—一四四四）、楊榮（一三七〇—一四四〇）、楊溥（一三七一—一四四六）——全是些阿諛奉容替帝王歌功頌德的玩意兒，無須詳述。

反劉基等而起的，便是李東陽（一四四七—一五一五）等。東陽本無意提倡復古，作有意的運動的是李夢陽（一四七二—一五二九）與何景明（一四八三—一五二一），繼之而起者有邊貢（？—一五三二）、徐禎卿（一四七九—一五二〇）、康海（一四七五—一五四〇）、王九思、王廷相，此五人與李何稱爲「前七子」。何詩秀逸，李詩粗豪，故薛蕙有句云：「俊逸終憐何大復，粗豪不解李空同。」又有唐寅、祝允明、文徵明與徐禎卿四個吳人合稱爲「吳中四子」。

反李夢陽等，而響應劉基等的是嘉靖年間王愼中（一五〇九—一五五九）與唐順之（一五〇七—一五六〇），他們倆作文多學韓、柳、歐、蘇。

反王、唐的是同時的後七子王世貞（一五二六—一五九〇）、李攀龍（一五一四—一五七〇）、謝榛（一四九五—一五七五）、宗臣（一五二五—一五六〇）、梁有譽、徐中行（一五一七—一五七八），及吳國倫。其中王世貞詩名較著，宗臣作了一篇報劉一文書，稍爲吾人所知外，其餘五人我們都不大知道。

旗幟最鮮明的要算是明之末葉了；新派有茅坤（一五一二—一六○一）編了一部唐宋八大家文選，歸有光（一五○六—一五七一），徐渭（一五二一—一五九三）等和之；舊派有張溥（一六○二—一六四一）編了一部漢魏六朝百三名家集，陳子龍、艾南英和之。其時袁宏道、宗道、中道三弟兄的「公安體」詩多鄙俚；鍾惺、譚元春的「竟陵體」，詩多僻澀。但他們的小品文，却「信腕信口，皆成律度，」頗爲自然眞摯。歸有光是値得特別提出的，他是崐山人，曾講學安亭江上，爲文多清新哀婉，敍家常瑣事，親切有味而不嫌冗雜，諸如項脊軒志、思子亭記、祭外姑文、先妣事略、歸府君墓志銘、寒花葬志等篇，都是極淡遠高超之作。

明代詩文，新派，一起於劉基等，二承於王、唐，三光大於歸、茅；舊派，一起於前七子，二承於後七子，三光大於張溥——凡三起三伏，明代文學便隨之波平浪靜，文運以終。

參考：

（一）歸震川文（曾滌生選本，文明書局。）

（二）明代文學（葛遵禮中國文學史面一〇九—一二三，會文堂。）

（三）明文學史（宋佩韋，商務。）

三二 清代的章回小說

清代章回小說作家之著名者，爲著儒林外史之吳敬梓、著紅樓夢之曹雪、著鏡花緣之李汝珍、著老殘遊記之劉鶚，今爲一一論列。餘如陳森品花寶鑑、魏秀仁花月痕、俞樾改石玉崐七俠五義、文康兒女英雄傳、李寶嘉官場現形記、曾樸孽海花等亦俱有名。又文言短篇小說蒲留仙的聊齋志異也很好。

吳敬梓（一七〇一——一七五四）字敏軒，安徽全椒人，幼即穎異，善記誦，詩賦援筆即成。因爲不善治生，性又豪放，揮金如土，不到幾年工夫，舊產都已蕩盡，甚至絕糧。雍正乙卯，安徽巡撫要他去應博學鴻詞科，不應。移家金陵，爲文壇盟主。晚年自號文木老人，客揚州，尤落拓縱酒。窮到極點，甚至連火爐都生不起，旅都沒有錢買，只好與幾個朋友遶着南京城玩那長途賽跑。他既是志行清高，不願做官，當然他做的小說也表示着這種思想。儒林外史裏楔子和末回都寫的是極清高的人物。楔子中的王冕是不願做官的，這在宋濂的王冕傳中亦早已說起：「部使者行郡，坐馬上求見，拒之去。去不百武，冕倚樓長嘯，使者聞之慚。」末回的荊元只是一個小裁縫。這個裁縫工作餘暇，就彈琴寫字，有時也做做詩。『朋友們和他相與的問他道：「你既要做雅人，爲什麼還要做你這貴行？何不同些學校裏人相與相與？」他道：「我也不是要做雅人，也只爲性情相近，故此時常學學。至於我們這個賤行，是祖父遺留下來的。難道讀書識字，做了裁縫就玷汚了不成？況且那些學校中的朋友，他們另有一番見識，怎肯和我們相與？而今每日尋得六七分銀子，吃飽了飯，要彈琴，要寫字，諸事都由得我；又不貪圖人的富貴，又不伺候人的顏色；天不收，地不管，倒不快活？」』其實，他全書所寫，大都是卑汚齷齪，假圖淸高的人，所以要用這兩個人來作一個襯託，使黑的越黑，白的越白。作者其他的著作，詩說七卷已不傳，文木山房集，已由胡適重刊行世。

曹霑（一七一九——一七六四）字雪芹，一字芹圃，鑲黃旗漢軍。祖寅父頫，俱爲江寧織造。寅曾作楝亭詩鈔，著傳奇二種。淸世祖（康熙）五次下江南，曾有四次以霑之織造署爲行宮。故霑幼年是生在豪華的環境中。後頫卸任。霑隨父歸北京時約十歲。後曹氏忽衰落。和吳敬梓的命運一樣，霑到了後來竟至貧居西郊，啜饘粥，連飯都沒得吃。從他的一生看來，可知紅樓夢是他的自傳，至少有些是影射他自己的事，因爲，紅樓夢中的榮國府也是先盛後衰的。此書主要人物是賈寶玉、林黛玉和薛寶釵。賈寶玉是個癡情人，常說：「女兒是水作的骨肉，男人是泥作的骨肉。」林黛玉是個多愁多病的女子，無端生感，哭泣終宵，是其常事；一朵花的萎落，一片葉的飄零，都足使她感傷不盡。薛寶釵似乎是一個很賢惠的女子，規規矩矩的，但性格却不及黛玉來得爽直。他們三人形成了三角戀愛，時常發生暗鬥。寶玉自小便和這般姑娘們以及丫頭襲人、紫鵑，晴雯等厮混。後來年漸長了，賈政欲爲娶婦，方始赴外任作官。因爲黛玉羸弱，恐妨後嗣，便决定迎寶釵。姻事由女諸葛王熙鳳謀畫，用了個偸樑換柱之計，後卒爲黛玉所知，咯血成病，在寶玉成婚那天，黛玉便死了。寶玉知將婚，以爲一定是黛玉；後來知道是寶釵，也氣得病了。後來寶玉隨僧道亡去。這個悲劇，便如此以不了了之，後來許多重夢、續夢、綺夢，硬生生的要使他們還魂、團圓，眞是無味極了。紅樓夢經胡適考定，我們已知是曹雪的自傳，但在以前却每每有人別求深義，最要的凡三：第一爲納蘭成德家事說，以爲寶玉卽是明珠子成德，妙玉卽是姜西溟。（妙爲少女之合字，姜亦婦人之美稱。）但姜西溟有祭納蘭成德文，相契之深，非妙玉于寶玉可比。又成德死時年三十一，明珠方貴盛，又與榮國府後來衰敗情形不相符合，故此說不可信。第二爲淸世祖與董鄂妃說。指董鄂妃卽秦淮舊妓嫁爲冒襄妾之董小宛，淸兵下江南，掠以北，有寵於淸世祖，封貴妃，已而夭逝，世祖哀痛，乃遁跡五台山爲僧。孟森作董小宛考，歷摘此說之謬，最要緊的是小宛生於明天啓甲子，若以順治七年入宮已二十八歲，其時淸世祖還不過是十四歲的小孩呢。三爲康熙朝政治狀態說。蔡元培石頭記索隱即如此主張。以爲作者『持民族主義甚摯，在弔明之亡，揭清之失。』但曹霑自己即是滿人，豈有自己責罵自己之理？又何況曹霑小史明明與紅樓夢中所敍相吻合呢，所以仍以胡適之說爲可信。我們以現代的眼光來看，不管他是那一家的事，即當作婚姻自主問題來看，也是很有意義的。據說曹霑作紅樓夢，僅八十回；後四十回乃高鶚續作。

李汝珍（一七六三——一八三〇）大興人，字松石，通聲韻之學，撰李氏音鑑。晚年不得志，作鏡花緣小說，取材極博。或謂鏡花緣爲許桂林作，實不可信；孫佳訊辨之甚詳，且攝有李汝珍手書爲證。作者曾假林之洋的打諢，自論其書道：『這部「少子」，乃聖朝太平之世出的；是俺天朝讀書人做的。道人就是老子的後裔。老子做的是道德經，講的都是玄虛奧妙。他這「少子」雖以遊戲爲事，却暗寓勸善之意，不外風人之旨。上面載着諸子百家，人物花鳥，書畫琴棋，醫卜星相，音韻算法，無一不備。還有各樣燈謎，諸般酒令，以及雙陸馬弔，射鵠蹴球，鬥草投壺，各種百戲之類，件件都可解得睡魔，亦可令人噴飯。「書中有君子國一節，嘲諷世人，甚著名。又有女兒國一節，胡適以爲是在討論婦女問題。

劉鶚清丹徒人，字鐵雲。老殘遊記是一部香腸[illegible][illegible]小說，以老殘的遊歷爲線索，寫當時的民情政績。寫的最好的幾段是白妞黑妞說書、黃河上打冰、桃花山、玉大人等，均已選爲國文教材。

參考：

（一）儒林外史、紅樓夢、鏡花緣、老殘遊記（通行本。）

（二）紅樓夢辨（俞平伯著，亞東。）

（三）中國小說史略（可看第二十篇至第二十八篇，本節多所取資。）

（四）胡適文存一集至三集（其中頗多考證小說的長篇論文，亞東圖書館）

三三　清傳奇

清代傳奇以李漁十種曲、洪昇長生殿、孔尙任桃花扇、蔣士銓九種曲爲著。

李漁字笠翁，蘭溪人，曾著一家言，中有閒情偶寄，論曲極精到，又有小說十二樓，最著名的便是十種曲，題名憐香伴、風箏誤、意中緣、蜃中樓、凰求鳳、奈何天、比目魚、愼鸞交、巧團圓以及玉搔頭。每種均三十齣，惟巧團圓多三齣，愼鸞交多六齣。因爲他想各種長短一律，於是無事可做時，便不得不借與結構無關的武戲來湊數。例如風箏誤中所插入的習戰、請兵、堅壘、蠻征、運籌、敗象這六齣都是不必要的。李漁既知『十部傳奇九相思，』（憐香伴結末語）又何必拿武劇來加入呢？雖然武劇在實演時可免去單調，但在紙上，却不調和極了，無味極了，使人注意集中力渙放。十種曲中以風箏誤爲代表作。最能顯出作者幽默的特長來的是驚醜、婚鬧、詫美這三齣。大意敍戚補臣有子不肖，名施；又有姪極慧，名韓琦仲。補臣同榜弟兄詹烈候有二女，長女貌醜無才，名愛娟；次女才貌兼全，名淑娟。一日，施糊鷂，請韓題詩，放入淑院中，淑和詩一首，爲韓家僮取去，施故不知也！韓見詩而愛淑才，因施富而有勢，遂假施名復作求婚詩故意放鴿入詹家。不意誤爲愛娟所得，乃冒淑名邀韓歡聚，韓驚醜而逃。後補臣爲施議婚於愛娟。新婚之夕，愛娟大詫，覺得戚郎醜了起來。事露，復誘其妹以繫夫心，妹不從。時韓已中狀元，亦以爲淑娟貌醜，不願娶，補臣逼其成婚，仍不願同寢，後夫妻會面，方知以前的淑是冒牌的；及見愛娟，事更大白；此劇亦於此終了。李漁的凰求鳳中，如倒嫖、先醋、姻詫也都是極幽默的。最有文學意味的是比目魚，首先背景就是鄉村，加之以吉卜希（gipsy）一般的玉筍戲班，海中宮殿，年老漁夫點綴其間，益顯美麗，這在其他的李漁曲中是很難見到的。又李漁戲曲十分之八九是創造的，不是借唐宋人小說重述的，只有蜃中樓是根據柳毅傳與張生煑海合而爲一的。意中緣敍董其昌、陳眉公的戀愛故事，人物亦非揑造。

洪昇（一六五〇？——一七〇四）字昉思，號稗畦，錢塘人。一生坎坷，醉後失足墮水死。所作長生殿係據唐白居易詩長恨歌及陳鴻長恨歌傳而作，寫唐明皇與楊貴妃的戀愛故事。全劇中最感人的自然是聞鈴中的一段。此外，我還歡喜尸解，敍楊貴妃在馬嵬坡縊死後，陰魂不滅，回到荒涼的故宮，一面踟躕於自己足跡所踏過的地方，一面懷念遠在蜀國多情的唐主。且引幾節來看看：

（二犯漁家傲）躊躇，往日風流。（作坐牀介）記盒釵初賜，種下這恩深厚，癡情共守。（起介）又誰知慘禍分離驟。（作登樓介）並沒有人登畫樓，並沒有花開並頭，並沒有奏新謳；端的有荒涼，滿目生愁。悽然，不由人淚流。

（二犯傾盃序）凝眸，一片清秋。（登橋介）望不見寒雲遠樹峨眉秀。苦憶蒙塵，影孤體倦，病馬嚴霜，萬里橋頭。知他健否？縱然無恙 料他爲咱消瘦。……

（錦纏道犯）謾回首。夢中緣，花飛水流。只一點故情留，似春蠶到死，尚把絲抽。劍門關，離宮自愁；馬嵬坡、夜台空守：想一樣恨悠悠，幾時金釵鈿盒完前好，七夕盟香續斷頭？

此劇在國忌日開演，於是爲忌者告發，作者被編管山西，詩人趙執信等被削職。但因此長生殿却出了名！作者除長生殿外，尚著有回文錦、迴龍院、錦繡圖、鬧高唐、節孝坊、辨霓裳、沈香亭、四嬋娟等。當時所稱「南洪北孔」，卽指洪昇之長生殿與孔尙任之桃花扇也。

孔尙任（一六八四—一七一五？）字季重，號東塘，又號雲亭山人，曲阜人，孔子之後。所作桃花扇係據侯方域自述李姬傳而作。李姬傳云：『李姬者名香，…俠而慧，略知書，能辨別士大夫賢否。…少風調，皎爽不羣。十三歲從吳人周如松受歌玉茗堂四傳奇，皆能盡其音節。…雪苑侯生，己卯來金陵，與相識。姬嘗邀侯生爲詩，而自歌以償之。……未幾，侯生下第，姬置酒桃葉渡送之。…侯生去後，而故開府田仰者，以金三百鍰，邀姬一見，姬固却之。開府慚且怒，且有以中傷姬。姬嘆曰：「吾向之所贊於侯公子者謂何？今乃利其金而赴之，是妾賣公子矣！」卒不往。』此外壯悔堂文集中，如答田中丞書、癸未去金陵日與阮光祿書、與寧南侯書也都與桃花扇有關，不具錄。餘韻裏的哀江南是此劇最著名的歌辭，許多人在稱讚着。除桃花扇外，作者尙著有小忽雷一種。

蔣士銓（一七二五——一七八四）字清容，一字心餘，號苕生，又藏號園，鉛山人。詩亦有盛名。九種曲中，香祖樓、空谷香、冬青樹、臨川夢、桂林霜、雪中人六種為傳奇，四絃秋、一片石、第二碑三種為雜劇。此外尚有采樵圖、采石磯、第二碑、康衢樂、長生籙、昇平瑞等，均為雜劇。冬青樹敍文天祥救亡事，四絃秋與元馬致遠青衫淚同一取材，而臨川夢則將湯若士四夢中人物搬來與若士相見也。

此外夏綸、黃燮清、楊恩壽亦善作傳奇，楊潮觀、桂馥則善作雜劇。

參考：

（一）明清戲曲史（盧冀野，商務。）

（二）十種曲（李漁，朝記書莊石印本。）

（三）曲（九種蔣士銓，朝記書莊石印本。）

（四）桃花扇（掃葉山房本。）

（五）長生殿（翠筠本，泰東標點本。）

(六)中國近代戲曲史(青木正兒原著，鄭震編譯，北新書局。)

三四　清代的詩文

清代詩人以錢謙益與吳偉業二人爲最早。

錢謙益（一五八二—一六六四）字受之，號牧齋，常熟人，所著有初學集、有學集。他本是明崇禎初的禮部尚書，清兵下江南，他竟去迎降，仍授原官，兼祕書院學士，大爲時人所不滿。

吳偉業（一六〇九—一六七一）雖也是貳臣傳中人，但他此舉並非心願，這是他強似謙益的。我們看他的雜劇臨春閣和通天臺，更可知他的懷抱。他字駿公，號梅村，太倉人，有梅村集。所著格律有如四傑，但情韻較深；敍述彷彿香山，惟風華稍勝。圓圓一曲，哀感頑艷，尤稱絕唱。他嘗以晚年失節爲生平恨事，詩集中常有這樣的話流露出來。將死時，賀新郎一詞，尤極悲咽。又作書自敍事略道：『吾一生遭際，萬事憂危，無一刻不歷艱難，無一境不嘗辛苦，實爲天下大苦人．吾死後，歛以僧裝，葬吾於鄧尉、靈巖相近，墓前立一圓石，題曰「詩人吳梅村之墓」足矣！」這是怎樣哀痛而且有詩意的話呵！他豈是錢牧齋所可比擬的呢！在他們倆以後就是「南施北宋」。南施是施閏章（一六二四—一六八九），字尙白，號愚山，宣城人，著學餘堂集。北宋是宋琬（一六一四—一六七三），字玉叔，號荔裳，山東萊陽人，著安雅堂集。他們倆因了生地之不同，詩風也就各異；施得南方的溫柔，宋得北方的雄健，一則以學，一則以才。紀文達以漁洋與閏章相比，以爲汪如陸九淵，而施如朱熹，因爲陸的天分很高，而朱則全靠學力。

王士禎（一六三四—一七一一）字貽上，號阮亭，又號漁洋山人，山東新城人。他力倡「神韻說」，一時得着許多人的信仰，至尊之爲淸代第一詩人。當時學詩的人多宗宋、元，但宋詩質直，每每容易做成有韻的語錄；元詩繁穠，又每每容易變成對句的小調，所以王漁洋的神韻說出來，要叫詩人回復到唐代王維孟浩然的路上去，一以淸新爲主。他的論點略本嚴羽，是詩畫一指，詩禪一致，捨筏登岸。他以爲詩有化境，有天機神化之妙，所以唐賢三昧集，不取李、杜，而取王維。錢牧齋說他「纏綿於義山」，汪琬說他「喜用僻事新字」，袁枚說他「主修飾而略性情」，都是不了解他的。他雖有時容易走錯到雕琢的路上，絕非他的本心。只有紀文達說他「宗王、孟上及謝朓而止」是能領略他的主張的。因爲他的詩是陶淵明一脈傳遞下來的，當然不宜作律詩，因此他的七絕最爲擅長。秦淮雜詩和眞州絕句是他的名篇。他的秋柳七律四首是二十四歲時在大明湖所作，一時和者數百人。其實這首詩雖負盛名，並無一語道着，反不如寄陳伯璣金陵詠柳來得踏實：『東風作意吹楊柳，綠到垂楊第幾橋？欲析一枝寄相憶，隔江殘笛雨蕭蕭！』卽此一詩，我們也可以看出他的清新俊逸的詩風！與他齊名的有

朱彝尊（一六二九——一七〇八），著作的方面極多，詩亦牢籠萬有，貪多而不甚精，故少較大的成就。

反抗神韻說的，最初是王漁洋的甥壻趙執信，此外還有袁枚、蔣士銓、趙翼、沈德

潛等。

趙執信（一六六一—一七四一）字伸符，號秋谷，晚號飴山老人，山東益都人，著有飴山堂詩文集，他的詩以思路巉刻爲主。袁、蔣、趙被稱爲乾隆三大詩家。

袁枚（一七一六—一七九七）字子才，號簡齋，錢塘人。世稱隨園先生。爲人放蕩形骸，以名士自居。論詩主「性靈說」，以反抗「神韻說」，以爲詩是人的性情，性情以外無詩。其實二派並不相抵觸，不過前者範圍大些，王漁洋所說的天機又何嘗不是性靈呢？他論文說是：『文貴曲，天上有文曲星，無文直星。木直者無文，其拳曲盤紆者文也；水靜者無文，其撓激於風者文也。』文以遊記爲佳。如黃山遊記、浙西三瀑布記等都極好。他的詩如歸家卽事、哭三妹、隴上作等都是至情至性的文字，今錄隴上作：

『憶昔童孩小，曾蒙大母憐。勝衣先取抱，弱冠尙同眠。髻影紅燈下，書聲白髮前。倚嬌頻索果，逃學免施鞭。敬奉先生饌，親裝稚子棉。掌珠眞護惜，軒鶴望騰騫。行藥常扶背，看花屢撫肩。親鄰驚寵極，姊妹妒恩偏。玉陛臚傳夕，秋風榜發天。望兒終有日，道我見無年。渺渺言猶在，悠悠歲幾遷。果然宮錦服，來拜墓門烟。反哺心雖急，含飴夢已捐，恩難酬白骨。淚可到黃泉。宿草翻殘照，秋山泣杜鵑。今宵華表月，莫向隴頭圓。』

蔣士銓（一七二五—一七八四）的忠雅堂集以敘事詩見長，此類詩大半都是七古，論者說他的『古詩勝近體，七古尤勝。蒼蒼莽莽，不主故常，正如昆陽夜戰，雷雨交作；又如洞庭君吹笛，海立雲垂。』其實，他是當不起這種稱讚的，他的敘事詩腐氣極重，例如張節母詩、石門蔡貞女詩、盧孝子詩等，不是提倡貞節，便是褒揚孝子，替吃人的禮教張目，而筆底枯澀又不能寫得活潑動人，倒是台灣賞番圖爲李西華黃門作能將異國的情調傳出來，足供民俗學者的研究，且背境光怪陸離，另有一種美麗。卽黃天蕩也能給史事以活潑的新生命。可惜這類的敘事詩太少了。

趙翼（一七二六—一八一四）字雲崧，號甌北，陽湖人，著甌北集，詩多詠諸生趣。「戲」字是他詩題中常用的字。他的論詩之一云：『詩解窮人我未空，想因詩尙不曾工。熊魚自笑貪心甚，既要工詩又怕窮。』稚存見題戲照有十萬黃金之嘲走筆戲答末節云：『是我有限君無窮，黃金早向君家積。想應怕我為劉叉，先發制人防攫奪。』吳門雜詩之一云：『形容老盡舊交遊，獨有先生髩不秋。白髮誰言最公道，逡巡也避貴人頭。』戲題靈巖山館（畢秋帆別業）之一云：『愛山我乏買山資，公有青山只夢思。何不把山來贈我，省他猿鶴盼歸期。』此外他的詩還有一個特點，便是詩中多含哲理；但他的筆致靈活，所以並不覺得十分可厭，有時也有些極耐人尋思的句子，如漫興有句云：『絕頂樓台人倦後，滿堂袍笏戲闌時。與君醒眼從旁看，漏盡鐘鳴最可思。』柳州有句云：『名士取名非一端，鈎奇弔詭多用權。遙望古人已不朽，附之者傳攻亦傳。』有人說：『你的詩雖趕不上杜甫，倒比楊萬里好些！』他傲然的答道：『我自為趙詩，何知唐、宋？』中國本少像他這樣的詩，他的話確是不錯。他們三人的詩中，思想實無足道，不是學堯、舜、禹、湯，便是學名士風流；不是提倡非人的道德，便是放縱非人的色慾。像趙翼的李郎曲、寄畢君、贈劉霞裳之類，都是拿美男子當作女人看待，其中有許多不堪的話，未免太落下乘了。不過，他們詩中思想雖無可取，藝術却是可佩服的。他們的詩，尤其是趙翼的，明白如話。這種大胆的企圖，實在是漸漸走向言文一致的途徑。清代學宋詩的人，攻擊他們，說他們是參野狐禪，眞是可笑之至！他們文學的時點，可引洪北江詩話的一節爲證：『袁如通天神狐，醉便露尾；蔣如劍俠入道，尙餘殺機；趙如東方正諫，時帶諧謔。』

沈德潛（一六七三——一七六九）字確士，號歸愚，長洲人。是江南老名士，活到九十七歲。他的詩是講究格律的，因此每多摹擬的痕跡。所選古詩源、唐詩別裁集、明詩別裁集、清詩別裁集，極爲流行。他反抗神韻說，而自己的詩却是不足道的。

黃景仁（一七四九——一七八三）字仲則，武進人，生平很清苦，是一個薄命詩人，年三十五，死於迢遙異鄉的客舍。洪北江稱他的兩當軒詩集爲『咽露秋蟲，舞風病鶴。』他的途中遘病頗劇愴然作詩之一云：『搖曳身隨百丈牽，短檠孤照病無眠。去家已過三千里，墮地今將二十年。事有難言天似海，魂應盡化月如烟。調糜調水人誰在？況值傾囊無一錢。』又都門秋思中有云：『寒甚更無修竹倚，愁多思買白楊栽。全家都在風聲裏，九月衣裳未剪裁。』似此年華，貧病交迫，讀之能不令人悽然淚下？舒位的瓶水齋集也極受人讚美，所作頗婉妙而有含蓄。此後則有鄭燮、王闓運、金和與黃遵憲。鄭燮（一六九三—一七六五）以詩、書、畫稱爲三絕，所作多學杜甫、白居易，他的道情詞和家書尤爲通俗。王闓運（一八三二—一九一六）作詩好摹仿，不是擬鮑明遠，便是擬曹子建 生當洪、楊之亂，却沒有一首杜甫般哀傷流離之詩，大半都是些假古董。金和（一八一八—一八八五）字亞匏，上元人。著有秋蟪吟館詩鈔八卷。當南京城爲長髮所圍，他在城中結識了長髮的兵，欲爲官軍內應，官軍屢次失約，城內同黨被殺甚多。他痛恨官軍無能，作痛定篇、六月初二日記事一百韻等來嘲罵他們。黃遵憲（一八四八—一九〇五）字公度，嘉應州人，著有人境廬詩草，他是主張『我手寫我口』的。他有一首山歌云：『一家女兒做新娘，十家女兒看鏡光。街頭銅鼓聲聲打，打着聲聲只說，「郎！」』

清代詞人以納蘭性德（一六五四—一六八五）的飲水側帽詞爲最著。字容若，爲貴族明珠子。生長豪華，偏偏多愁善感；人家讀他的詞，簡直不會相信他是富家子弟。他的詞可以同辛幼安相比，旣能婉約，又能豪放，因爲他是文武雙全的。他是康熙皇帝的一等侍衞，在職時『彎弓書卷，錯雜左右，日則校獵，夜必讀書，』自然他的詞也就成爲多方面的了。他善寫邊塞之景，因爲他曾奉使覘龍梭諸羌，又曾贖還那久戍絕塞的朋友吳漢槎，親身兩歷其境，所以能寫得歷歷如繪。如宿灤河有云：『氈幕繞牛羊，敲冰飲酪漿。』又云：『落日萬山寒，蕭蕭獵馬還。』塞上詠雪花有云：『寒月悲笳，萬里西風瀚海沙。』出塞有云：『極目嵯峨，一丈天山雪。』他自妻亡後，又每多悼亡之詞，甚爲淒涼哀婉。如青衫濕有云：『怕幽泉還爲我神傷；道書生薄命宜將息，再休耽怨粉愁香。』又同闋云：『憶生來膽小怯空房，到而今獨伴梨花影，冷冥冥儘意淒涼。』都能體貼入微，寫得情眞意摯。此外如悼亡、爲亡婦題照、夢亡婦、明日是亡婦生辰——等等也極纏綿。他死時只有三十一歲，文人薄命，眞是不可避免的厄運！

清代駢文甚盛，以胡天游與洪亮吉（一七四六—一八〇九）爲最好。散文則最初有侯方域（一六一八—一六五四）、魏禧（一六二三—一六八〇）、汪琬（一六二三—一六九〇）三大家。後來就是方苞（一六六七—一七四九）的桐城派，劉大櫆（一六九八—一七八〇）、姚鼐（一七三〇—一八一四）繼之，又由錢魯斯另出一枝，傳惲敬、張惠言，稱爲陽湖派。他們的系統略如下表：

方苞—劉大櫆—姚鼐
- 錢魯斯—〔陽湖派〕
  - 惲敬
  - 張惠言
- 管同
- 梅曾亮—曾國藩（湘鄉派）

他們的詳細系統，可於曾國藩的歐陽生文集序中見之；他們的戒律可於曾國藩的復陳右銘太守書中見之。約有四端：

（一）摹仿剽竊『大抵剽竊前言，句摹字擬，是爲戒律之首。

（二）褒貶不當『稱人之善，依於庸德；不宜褒揚溢量，動稱奇行異徵，鄰於小說誕妄者之所爲。貶人之惡，又加愼焉。

（三）文無主旨『一篇之內，端緒不宜繁多；譬如萬山磅礴，必有主峯；龍袞九章，但挈一領。否則首尾衡決，陳義蕪雜，滋足戒也。

（四）僻字澀句『識度曾不異人，或乃競爲僻字澀句，以駭庸衆。斲自然之元氣，斯才士之所同蔽，戒律之所必嚴。』

桐城派的文章一方面反對極端的白話，語錄體；一方面又反對極端的文言，駢儷體。故沈廷芳書方望溪先生傳後云：『古文中不可入語錄中語，魏晉六朝人藻麗俳語，漢賦中板重字法，詩歌中雋語，南北史佻巧句法。』

梁啓超（一八七三——一九二九）著有飲冰室全集，筆鋒常帶情感。林紓（一八五二——一九二四）有畏廬文集，所譯小說約二三百種，以司各德、迭更司、哈葛德三家爲多，餘如地爭之魯濱孫飄流記、史委夫特的海外軒渠錄、却爾司蘭的吟邊燕語、歐文的拊掌錄、西萬提司的魔俠傳、托爾斯泰的現身說法等也都是歐洲極有名的作品。譯得最好的他是初次試譯的小仲馬巴黎茶花女遺事。譯筆清腴圓潤，有如宋人小詞。但惜不識西文，所譯多係無名作品，空費了許多光陰，這實是一個極大的損失！

參考：

（一）袁蔣趙三家詩選（王文濡選，文書局。）

（二）袁枚評傳（楊鴻烈，商務國學小叢本。）

（三）黃仲則評傳（章衣萍，北新書局。）

（四）黃仲則詩（蔣劍人選本，文明書局。）

（五）飲水詞集（納蘭容若，謝秋萍，大光書局。）

（六）鄭板橋評傳（陳東原，商務。）

（七）清代學術概論（內有梁啟超的自傳。）

（八）林琴南先生（鄭振鐸，中國文學論集，開明。）

（九）侯魏汪三家文鈔（王文濡選，文明書局。）

（十）五十年來之中國文學（胡適，收入胡適文存二集。）

（十一）中國近代文學之變遷（陳子展，中華。）

（十二）最近三十年中國文學史（陳子展，太平洋書店。）

（十三）近代中國文學講話（盧冀野，會文堂。）

（十四）桐城文派述評（姜書閣，商務。）

三五　最近的中國文學

最近十餘年，在文學上新開闢了一個園地，便是以語體作文；無論散文、詩歌、小說、戲曲，都用語體來作。說起這一次新文藝運動來，自然應該感謝胡適，他是語體作文的提倡者，雖然古代白話的作品儘多。但都未曾作有意的運動，所以胡適的功績是不可淹沒的。運動是這樣開始的，胡適於一九一七年在新青年上寫了一篇文學改良芻議。這便是白話文學運動的第一炮。後來這種主張引起林紓等的反對。林紓給蔡子民一封信，大意不外攻擊兩點：一，覆孔、孟，剷倫常；二，盡廢古書，行用土語爲文字，經蔡子民一一駁復。林氏又在新申報作短篇小說荆生，語皆暗指錢玄同、胡適等北京大學教授。接着胡適又作建設的文學革命論、陳獨秀作文學革命論，新文學便立定脚跟了。這些篇文章大都登在新青年上，後經王世棣編入新文學評論。後來詩歌、小說、戲劇、散文便陸續出版。歐洲文學也介紹得很多，但以近代爲主，其中尤以柴霍甫、屠格涅甫、托爾斯泰、高爾基、王爾德、莫泊桑、辛克萊等家的譯文爲最多，古代作品很少有人翻譯。今分述創作於後：

（一）詩歌　最近的詩歌有五個變遷：最早的是未脫舊詩詞氣息的，所謂纏足婦人放大的脚。開始作此者是胡適的嘗試集，繼起的是劉大白的舊夢、劉復的揚鞭集。此後便是無韻詩，以康白情草兒及俞平伯冬夜爲代表，此二書前者每多鬆散，有如散文，後者時談哲理，玄妙莫測，梁實秋、聞一多曾作草兒冬夜評論，指摘甚當。徐玉諾將來之花園是以幾十天工夫作成的，其草率可知。汪靜之蕙的風、焦菊隱夜哭和他鄉、湖畔詩社湖畔以及劉延陵的詩以清纖的文筆寫婉妙的心情，頗爲一般少年少女所喜愛。再後便是小詩，最初作此體的是謝婉瑩。她受了太戈爾飛鳥集的影響而作春水、繁星。宗白華的流雲、梁宗岱的晚禱繼之。此外何植三、孫席珍等均效之，葉紹鈞劉延陵所編的詩雜誌中小詩甚多，可看出當時風氣的一斑。後來便是西洋體詩，諸如十四行體、節奏、韻，都以西詩法則爲歸。郭沫若女神已略開端緒，嘗試此道而成功的是徐志摩的志摩的詩、翡冷翠的一夜、猛虎集以及雲遊，繼之的是于賡虞的晨曦之前、骷髏上的薔薇、魔鬼的舞蹈、孤靈、世紀的臉等，朱湘的草莽集、永言集以及石門集，聞一多的死水，邵洵美的花一般的罪惡和詩二十五首，汪靜之的寂寞的國。鼓吹這個運動的是晨報副刊的詩刊。聞一多的紅燭規律尙不十分嚴整，但已走上這一條路。最後爲象徵詩。李金髮在很早作微雨時，卽已仿法國范爾倫（Verlaine）的詩，後來又續出爲幸福而歌、食客與凶年等。胡也頻的也頻詩選，卽是專摹擬金髮的。這一派的詩修辭極佳，惟用字似夾雜文言，爲世所詬病。有人說他們是衹有詩料，而無組織的。但也頻詩似較金髮爲易解。此後馮乃超作紅紗燈，詩中多用朦朧字眼，加「氤氳」「輕綃」之類。穆木天作旅心，則直接聲明他的詩是學法國象徵派拉佛格（Lafargue）的。戴望舒的我的記憶是學法國象徵派耶麥（Jammes）的。蓬子的銀鈴所用的暗喻也極多。此外如後期的梁宗岱喜愛哇萊茘（Paul Valery），石民喜愛波特來耳（Baudelaire），都可以屬於這一派。雖然其中有難懂的，有易解的，而師承又各有不同，但總之都是喜愛法國象徵派的詩人的，所以又可以稱爲「擬法國象徵詩派」。所不同者，第四期是有意的運動，而這一期是各作家自由發展，不會聯合起來罷了。最近詩壇似又有變動，多趨重於寫實，我們且期待這一變動的繼續發展吧。

（二）小說　葉紹鈞最初作隔膜，多寫小學生和兒童的生活；及作稻草人則以美麗的筆寫幻想的故事，滲入以平民思想；後作火災則更擴大其寫作範圍至於社會；此後的線下與城中復由日本白樺派的風味改而爲柴霍甫式的幽默。未厭集分析心理，更爲透徹。倪煥之是作者最近的長篇，前半頗細膩，且寫人間瑣事，其可愛處有如沈復的浮生六記。郁達夫是個潦倒文人，小說多寫「窮」和「偷」和「色」。所作有達夫全集。張資平善寫三角戀愛和自身所受的經濟壓迫，作有冲積期化石、愛之焦點、雪的除夕、不平衡的偶力、飛絮、資平小說集等等。滕固所作亦多肉的氣息，有銀杏之果、死人之嘆息、迷宮等。冰心的超人往事多寫愛海，愛小孩，愛母親，而不及兩性戀愛。廬隱的海濱故人、靈海潮汐、歸雁、雲鷗情書集、火焰反之。許欽文的小說極幽默，多寫已婚夫婦的遭際，作有故鄉、毛線襪、回家、趙先生的煩惱、鼻涕阿二、幻象的殘象、若有其事、蝴蝶、彷彿如此、西湖之月、一罈酒等等。馮文炳竹林的故事、寫鄉村生活。王統照的小說長於刻畫，極爲工緻。他的春雨之夜、一葉、霜痕、號聲、山雨都是經過若干次的修改和錘鍊的。楊振聲玉君曾鬨動一時，徐祖正的蘭生弟的日記也與玉君有同樣的遭遇。最著盛名的自然是魯迅的吶喊。他的阿Q正傳已有華西禮的俄譯、敬隱漁的法譯，以及梁社乾的英譯。其中如故鄉、社戲、鴨的喜劇、兔和猫都很有詩意。最近他又出了一本彷徨，論詩意是孤獨者、傷逝和祝福好，論幽默是幸福家庭、肥皂、高老夫子好。此後的作家更多，幾難一一敍述，至少也在一百六十八以上。詳細的論列，决非這本小書所能容納。此地只能大略的敍列一下，作風與郁達夫相似，均以窮愁潦倒的生活引起讀者同情的就有失踪或自殺的王以仁（孤鴈、王以仁的幻滅等）和葉鼎洛（脫離、前夢、男友、烏鴉、白癡、未亡人、他鄉人語等）。像王統照一樣刻劃所描寫的對象，但却不像他那樣冷靜，帶點傷感氣質的是羅黑芷（春日、醉裏、牽牛花等）。文筆與魯迅一樣辛辣明快的則有魯彥（柚子、黃金，童年的悲哀、小小的心、屋頂下等）與黎錦明（烈火、雹、破壘集、塵影，馬大少爺的奇蹟、一個自殺者、戰煙、失去的風情、夜遊人等）。像葉紹鈞那樣不過於刻劃，而亦不過於粗疎的則有孫席珍（花環、到大連去、鳳仙姑娘、金鞭、戰場上、女人的心、戰爭中等）。與張資平似的以性慾描寫得到廣大的讀者的爲章衣萍、金滿成、葉靈鳳、羅西等。善於分析心理，如剝蕉鎚釘似的打到深處的是丁玲、沈從文、魏金枝、張天翼等。像牧歌似的寫美麗的抒情文字的是郭沫若、施蟄存、徐蔚南和凌叔華。文筆明淨老練的是汪靜之、彭家煌以及胡也頻。以蝕和虹震撼文壇的時代作家是茅盾。寫異國情調的是許地山、巴金和馬仲殊。以內容著重的作家是蔣光慈、龔冰廬、顧仲起、錢杏邨、樓建南、洪靈菲、戴萬葉、周毓英、金石聲、華漢、孫俠夫、楊邨人等等。沅君的春痕、刼灰，謝冰瑩的從軍日記，亦曾鬨動一時。此外應該特舉的是劉大杰和胡雲翼，杜衡和劉吶鷗，許傑和王任叔，倪貽德和周全平，蹇先艾和李健吾，幻洲社的潘漢年嚴良才洪爲法羅皚嵐等，狂飆社的向培良朋其高歌沐鴻長虹等，沈鐘社的陳煒謨陳翔鶴等。

（三）戲劇　田漢、丁西林、洪深、熊佛西、余上沅、歐陽予倩、袁牧之、馬彥祥等俱有名。田漢稟有詩人的氣質，所作各劇富於詩意，且帶感傷意味，例如，蘇州夜話、鄉愁等。其成名的處女作爲咖啡店之一夜。近作多前進的意識。有田漢戲曲集、回春之曲、黎明之前、復活等。丁西林有西林獨幕劇，他的作品受了英國喜劇的影響，對話漂亮而且俏皮，如壓迫、一隻馬蜂、酒後、北京的空氣等，均極神妙。洪深所作多反建的作品，近作五奎橋、多年的媳婦等尤著。熊佛西著有佛西戲曲集，近方努力把戲劇打到鄉村去。余上沅著有上沅劇本甲集。歐陽予倩著有楊貴妃、潘金蓮、回家以後等。袁牧之著有一個女人和一條狗等，馬彥祥著有打魚殺家等，袁馬都是具有豐富的舞台經驗的。最近曹禺的雷雨極爲轟動，天津、上海、蕪湖、南京、東京各地均紛紛上演，已有邢振鐸等的日譯。此外如徐志摩卞昆岡的富於詩意與哲理，郭沫若諸歷史劇的舊瓶裝置新酒，白薇打出幽靈塔和娘姨的從個人轉囘羣衆，袁昌英孔雀東南飛的心理學解釋，都是值得稱道的。

（四）散文　周作人、朱自清、俞平伯、豐子愷、孫福熙、徐志摩、冰心、綠漪等可爲代表。周作人所作多清澁，耐於咀嚼，有雨天的書、澤瀉集、永日集、看雲集、周作人書信、苦雨齋序跋文、夜讀抄、苦茶隨筆、苦竹雜記、風雨談等。朱自清所作極清新柔婉，有背影、歐遊雜記等。俞平伯較周作人尤澁，且喜參禪說笑兜圈子說話，有燕知草雜拌儿。豐子愷善寫小孩，文亦流麗婉轉如朱自清，有緣緣堂隨筆、隨筆二十篇、車廂社會等。孫福熙所作多細琢細磨之筆，有大西洋之濱、山野掇拾、歸航、北京乎、三湖遊記等。徐志摩所作多穠麗的駢偶句，有落葉、自剖、巴黎鱗爪等。冰心所作也很清麗，有寄小讀者、南歸、閒情等。綠漪也是朱、豐、謝一派的，有綠天。餘如葉紹鈞、鍾敬文，徐蔚南、梁遇春、錢歌川等亦俱有名。

文藝批評及論著則有鄭振鐸文學大綱、魯迅中國小說史略、郭沫若文藝論集、郁達夫文藝論集、周作人自己的園地等。

本篇匆促作成，頗多遺漏，只好待以後增改了。

參考：

（一）現代中國文學家（第一二卷，錢杏邨，泰東。）

（二）現代中國女文學家（黃英，北新。）

（三）中國戲劇概評（向培良，泰東。）

（四）中國新文學運動史（王哲甫。）

（五）史料索引（阿英，中國新文學大系本，良友。）

（六）中國新文學運動史資料（張若英，光明）